海坛明月

阿灿 著

孔學堂書局

图书在版编目（CIP）数据

海坛明月 / 阿灿著. -- 贵阳：孔学堂书局,2025.
3. -- ISBN 978-7-80770-629-8 Ⅰ. I267

中国国家版本馆CIP数据核字第2025YV8556号

海坛明月 　阿灿　著

HAITAN MINGYUE

责任编辑	杨翌琳　贺雨潇
出版发行	贵州日报当代融媒体集团
	孔学堂书局
地　　址	贵阳市乌当区大坡路26号
印　　刷	广东虎彩云印刷有限公司
开　　本	787mm×1092mm 1/16
字　　数	170 千字
印　　张	14
版　　次	2025年3月第1版
印　　次	2025年3月第1次
书　　号	ISBN 978-7-80770-629-8
定　　价	98元

目　录

辑三　独立苍茫

辑四　沧海月明

明月前身 （代序）

很多年前的一个中秋，我在新疆。那个傍晚我独自开车穿过天山南麓的一个维吾尔族小村，山峦起伏，幽影幢幢。明月低悬半空，近乎举手可得，又大又圆，晕黄幽亮，散发出一种炫目迷人的魔力，抓人的眼睛。

这是我平生见过的最大最圆的一轮月亮吧。而那一刻，特别想家。我几乎下意识地告诉自己，这绝不是家乡的那一轮月亮。家乡的那一轮月亮此时或高悬海上，其下是波光荡漾，是流银沙滩；或高挂檐角树梢，其下是石墙隐隐，是碎影浮动。它清澈、明亮，既遥不可及，又亲切如故。在我的感觉里，那清冷的月光该是湛蓝的，浸染着家乡大海的底色与气息。

写作，是我的一种志趣。我虽然素来不敢以作家自居，但书写实实在在占据了自己生活的一大部分。在那些断断续续写下的文字里，无疑又是乡土题材居多。对我而言，在地书写几乎是翻来覆去的工作，周而复始，纠缠不清。交织于地理人文经纬中的故乡，如同一部永不停歇的时空装置，等待被发现，等待被丰富。犹若潮声缱绻，总在那儿等待着你文字叙述的回应。那么，这种书写的意义何在呢？扪心自问，我似乎也从未认真想过。每次选题，每次成稿，亦如月复一月的大潮，潮涨潮落，无违自在。明月照常升起，映照江海，映照心间。

十年。自《故土海坛》出版迄今，又是十年。这十年间，在平潭石头厝与清代海坛镇水师两个课题上耗费不少心力之余，零零散散的乡土书写大多收入本书。这是两本联系密切的书，主旨体裁大同小异。就内容言，后者是前者的拓展与延伸，更是对前者的纠错与修正。补苴罅漏，这点最重要。我必须大大方方地承认自己认知的局限与浅薄，就像个人的其他见识一样，都需在时间洪流里不断增补递进，也有待发现，有待丰富。之前如是，之后亦如是。可以说，如果没有这种勇气，便谈不上有本书的结集，也谈不上日后继续书写的可能。

我一直以为，乡土书写的可能性很多。不论是体裁还是题材，也不论是公共历史的宏观叙述，还是个体情事的感动抒发，无可无不可。文字中的故乡，与她曲折的历史纵深或繁复的人世流转一样，应该是丰富多彩的。她的丰富多彩，不正是我们痴痴投注其中的因缘所在吗？是的，在书写的内心追求里，我始终向往着这种叙述的可能性，从未改变。本书结集的诸篇文字，也不例外。或是山水行吟，或是人物纪略，或是历史钩沉，或是个人际遇，略作分类，统而辑之。可谓集数年之功，逞一己之见，聊以自洽吧。

"流水今日，明月前身。"多年来，在家乡行走与书写的经历中，这是我时常想到的一句短语，它出自《二十四诗品》之"洗练"一品。原义我并未深究，而语中况味，总觉得与其时心境彼此相契，不约而至。为何如此呢？我自己也说不清道不明，无从寻绎。或许，每个人的心里都有一轮明月，在有意无意之间，自相交映，堪以自斟自酌，与之共醉。

辑一 江山有待

江山如有待，花柳更无私。

——唐·杜甫《后游》

旧时十景今何在

平潭旧有"十景"之目，出处记在民国《平潭县志》卷八《名胜志》，依次有"君山插云""崇台观日""仙井吼涛""片瓦仙踪""八阵石营""半洋石帆""木猴探水""美女照镜""沙冈月色""石壁荷香"等。其中，"仙井吼涛""片瓦仙踪""半洋石帆""美女照镜""沙冈月色"，或为人熟知，或彻底改观。如"仙井吼涛""片瓦仙踪""半洋石帆""美女照镜"分别对应"仙人井""一片瓦""石牌洋""明镜"。"沙冈月色"——"平潭四面皆沙冈，月夜一望如银，天风飒起，其光欲浮"。此景前人特指万顺路以东至龙凤头海滨一带。后来，木麻黄防护林建起来了，而今漫漫黄沙之上已是城关民居最密集的地方。这样，剩下"君山插云""崇台观日""八阵石营""木猴探水""石壁荷香"数处，或位于何处，或现状如何，或造景何由，皆令人疑窦重重。

木猴不是猴

"木猴探水"——"在敖网区海中，即三礁屿也。石高数尺，有攫拿状。潮至则风涛冲击，石为低昂，若猴之探于水。载《福清县志》。"这是民国《平潭县志》里的描述。查光绪《福清县志》卷二《地舆》附录石类，内容相符，条目则是"猴探水石"。那"三礁（礁）屿"在哪儿呢？"在敖网区西部海中。"民国平潭的行政区划里，敖网区包含了现北厝、敖东两乡镇之部分，"西部海中"，范围大致可界于竹屿口以南至渔塘一带。而这片海域的屿礁里，在猴屿的可能性最大。为何？一者因石得名；二者，"三礁屿"或因是"山猴屿"方言谐音的误录。当初作此推断后，欲登岛探访却一直没有机会，一放便是数年。

年初，有幸得奇岩怪石保护协会的魏宝先生相邀，终于成行。猴屿在北厝橹匙村的西边海上，一衣带水，貌似很近，平常却不可涉水横渡。我们从娘宫码头乘船，向北穿过海峡一桥宏伟的桥洞，几分钟即到。猴屿远望不大，趋近颇觉规模可观，山势俯仰低缓，山上绿植葱茏。想此地人迹罕至，荆棘丛生，腹地不易穿越。不过，常年受海潮侵袭，其沿岸裸岩赫赫，巨石横亘，砾石成堆。又因地处海峡航道，岛上西侧建有航道灯塔，红白二色灯桩立在山头，十分显眼。也是当初为建设灯塔之便，西南岸修有简易码头，并有一条狭长的水泥梯道直通山头。我们便是自此登岛。

顺着船夫指点的方向，我们沿西岸攀越。山体欹斜，乱石交错。不远处，即可见一石悬空横陈——东西向，长

图1 猴屿猴子石

条状，前半段骑在底座的尖头巨岩之上，尾端压着山体边的数块乱石。在周围体量巨硕的岩体相衬之下，显得单薄小巧、摇摇欲坠，疑是人工所设。这就是当地乡人口中的"猴子石"？我们却怎么看也看不出其形似所在。如果说，石有凌空欲飞之态，是为一奇，而"若猴之探于水"，未免言过其实了吧？猴在哪儿呢？眼前情形，着实让我们迷惑不已。围绕此石，远观近看，端详揣摩，周旋良久，终究一筹莫展，只好作罢。

下岛之际，魏宝问："前人命名，应当有所依据。景是石景，按理该是'石猴探水'，怎么会是'木猴探水'？"对呀！木猴为何物？我倏尔想到似曾见过的一种雕件——长柄圆木的一端雕刻着一张猴脸，不就是俗称"木猴"之物？真是一语点醒梦中人，再度回眺远处的"猴子石"，临空伸出的条石侧剖面上宽下窄，隐隐然不就是腮尖耳宽的一张猴脸？而条石后段微微略拱，颇显探身之态，以"木猴探水"拟之，岂不恰如其分？这么一来，愈远愈肖，愈想亦愈肖了。

那日晴空万里，丽日高照，海中水波不兴，岸上潮位低平，明晃晃的阳光中石色鲜亮，四下阒寂空旷，实在谈不上县志所载的造景氛围。想前人命名此景，定然依海上所见，便是清末整理编纂《海坛名胜总目》的施天章，登岛的可能性也小。旧时舟行海中，风云不测，路过此地所见，视线也远。若是风涛辄至，潮起浪涌，大概是暗云低空，浪花飞溅迷蒙，临水一石危倚半空，影影绰绰，宛然一猴伸腰探水……当然，我们缺乏这种海上经历，只有任凭想象来描摹一番。果如是，亦可谓古人之不余欺也。

当年那场荷事

"石壁荷香"——"石壁在庄上区湖西地方。湖之滨有丛石成一小阜，前有人在其阜筑小精舍，因石为台，径磴幽绝。临水种荷花数百本，开时红映天日，香闻隔浦。湖水减，有路可通，满则须小舠来往。红尘十丈都飞不到，真别有天地，非人间也。今舍宇尚存，惟红蕖萎谢耳。"在有关旧时十景的描述中，这段笔墨最详尽，也最漂亮。据《名胜志》编者按语，此句应该出自施天章的手笔。看来，他在百余年前记下这段文字之时，红蕖映日、隔浦飘香已经是一场远去的追忆了。不过，石壁丛石小阜、精舍小筑与石磴幽径在那时仍历历可见。换句话说，在施天章的时代，清中后叶的平潭，"石壁荷香"盛名犹存，可惜盛景不再。而百余年后，"石壁荷香"还剩多少可供我们再度追忆的凭证呢？

　　"湖西地方"盖有二义，一指三十六脚湖西畔，一指现在的北厝湖西村，方位地点很好辨识。而今"湖西地方"，即湖西、湖东及北洋三村交会之处的地貌变化很大。北洋村南，有一条两侧石砌的土路贯通南北，主路向东直抵湖东山，支路通往湖西村。筑坝修路的时间据说是二十世纪的七八十年代，原因是湖东山有北洋村的田园，那时湖水一度涨高，村民往来耕作不便，便在当地驻军的帮助下修起了这条路。现在，这一带的湖水退下去了，已经远在数百米开外。路旁的树木都长得很高，两侧的湖床上绿草茵茵，当初预留的桥洞下有条溪流穿过，潴水成池，莹莹嵌地。平日里水鸟翔集，牛羊徜徉，仍不失是个清幽的去处。

　　数年来，我多次造访此地。沿着湖西村东岸走动，只有位处道路西侧的一堆丛石近乎记载所述——大小不等，高低交错，方圆不大，可谓"小阜"。上面严严实实长满树木，杈丫纵横。远望绿树苍岩，舒展有致，如一大盆景。近看林间石罅尽是灌木藤葛，肆意蔓爬。树丛深处，隐约可见一石高耸挺立。林荫边缘，另有一石表面留着几个錾开的凿孔，不知是后期采石还是当初"因石为台"留下来的痕迹？无奈攀越不得，难以深究。丛石之后是片绿地，地势平整，看得出曾经辟为田园，现已抛荒。北侧的田塍明显高出不少，形同一道低矮的墙垣，正好顺着"小阜"地势接到村头。其上芦苇菅草长势旺盛，高已过人，密密麻麻，不留余地。

不难看出，如果时间回到中华人民共和国成立初期，这里仍是部分湖体，更不用说民国、清末甚至更早了。这里，完完全全是三十六脚湖蜿蜒伸展的一只"脚"，湖水自此掉头南下，将两侧丘陵从中隔断，湖东、湖西因此得名。如今湖床依稀，一目了然。那么，历史上高涨的湖面水位，大致就与这条堤坝路面相当了。这一点，还可从湖西岸边尚存的一座老厝基得到印证。这座老厝基留下了一个完整的中庭地面，整齐的"一品书"石铺，五级石阶和后落厅前的檐廊条石。后落位置上现有几间平房，低矮简陋，而墙体砌石硕大规整，推想是利用了早前老厝的石料。里面住着一位年近九旬的老妇人，她说当初她嫁过来的时候便是这样，那时湖水可以漫到这座老厝基前的大碏下。

追溯起来，以前这座大厝正是临水而建，规模宏敞，用料用工皆精心讲究，看来非旧时大户人家所莫属。其建于何时，毁于何年，老妇人也说不清了。依现存铺石的磨损表面，以及厝边废弃的老舂臼，我私下判定有一二百年的历史吧。民国十一年（1922）统计的湖西户数仅有八户，丁口四十。今天村里上百年的老厝还有几座，论年头显然都不及这座，那之前的户数更是寥寥无几。如此说来，这户人家该是当时数一数二的殷实之家。而此地距"小阜"之遥，不过百米，莫非这户人家便是筑舍种花之人？旧时有园林之志者，一有闲钱，二有闲情。而闲钱可求，闲情难得，没有浸濡过儒道诗书者几无可能。查民国县志《选举志》，还真记有一人，一位明末秀才（文庠）——"林开芳，庄上区湖西石壁村人"。会是他吗？如果是，"石壁荷香"的造景年代一下子便推到了四百年之前！这对于百余年前的施老前辈而言，年代依然是那么遥远。那时的"湖西"是指方位，"石壁"才是村名。这

图2　石壁荷香遗址

么说来，施文的描述似乎更合情理。

　　最近，辗转从魏宝处获知，"小阜"所在地被村民称为"莲花穴"。据此，我们几乎可以认定"石壁荷香"旧址便是此处。至于年代主人，虽经一番爬梳，尚不能遽下定论。不过，这倒不重要了，重要的是，在平潭历史上，曾有过这样一位读书人，寄情山水，风雅卓绝。旧时的三十六脚湖水域辽阔，烟波浩渺，他结庐湖畔，筑舍水中，一帘风月，半榻琴书。种荷锄月，读书问道，纳千顷之汪洋，收四时之烂漫。前人所乐，直教人心神向往，

歆羡不已。

五营兵马几百万

"五营兵"曾是一座山名，民国初期还有一个"五营村"，一户两丁口。现在平潭地图上不再有这座山名，也没有这个村名，听起来犹若传说。今天的金井大道，自海峡大桥至平潭客运站路段北侧，这一带山脉连绵，层峦叠嶂，山峰名称也多，古今差异也大。如"仙境山"叫"务里山"、"五寨山"叫"牛寨山"、"五皇山"叫"牛园底山"等，究其原因，一种是改称，一种是方言的"一音之转"，"五"转作"牛"，"五皇"转作"牛园"，细究起来，实属误录。五营兵山（或称"五营山"）正是位于这条山脉的正北端，"由五皇山来脉，高约百丈。山石鳞次相叠，一石动则众石随之，上有石锣、石鼓、石船诸胜"，说的即旧时十景之一的"八阵石营"。

八阵石营，"俗呼'五营兵'，在庄上区海中。石垒环列，无异永安宫南平碛也"。除此两段，民国县志中并没有更多的介绍。当初我们找到这个地方，颇费几番周折。记得第一次是沿着橹匙村北海岸自西向东跋涉，半途折回；第二次从小湾村南的山路自东向西徒步，阻于臭气熏天的垃圾山前，败兴而归；第三次在竹屿口雇船走水路，不料天气突变，风高浪急，无处靠岸，在海上颠簸了一个多钟头，无功而返。后来，经人指点，我们绕道跨海山路，自北后澳村后往北穿过一条曲折幽深的林间小道，再顺着山坡下到岸边，终于找到了。那天时值落潮，山脚下裸露出一片黑黝黝的乱石滩——巉岩堆错，砾石遍布，高低不平，杂乱无章，靠着山脚开阔的滩面逶迤展开，静穆森然。

　　按理说，这种地貌在平潭并不少见。海潮汹涌，拍打冲击，山体经年累月地不断坍塌，巨石翻滚而下，成堆成片自是情理之中。前人称之"石垒环列""鳞次相叠"，并非妄言。而该景"无异永安宫南平碛也"，被命名为"八阵石营"，显然比附诸葛武侯的八阵图事典。事说蜀主刘备为报关张之恨，贸然出兵，被东吴陆逊火烧连营七百里，败退奉节白帝城。陆逊引兵追击，困在孔明事先布下的八阵石营，无奈班兵回师。其后，刘备病殁于永安宫，召诸葛亮前往白帝城托孤。故事耳熟能详，那个位处永安宫南的"八阵图"遗址据说留了下来，古代地理志书《寰宇记》《荆州图副》均有记载。唐代的杜甫路过夔州，留下一首五绝《八阵图》，诗云："功盖三分国，名成八阵图。江流石不转，遗恨失吞吴。"到了元末明初的罗贯中演义三国，此间情形如此描述，陆逊引数骑直入石阵，"忽然狂风大作，一霎时，飞沙走石，遮天盖地。但见怪石嵯峨，槎丫似剑；横沙立土，重叠如山；江声浪涌，有如剑鼓之声"。写得剑拔弩张，惊心动魄。

　　话说回来，我们前人的附会也非无缘无故。在平潭民间，《哑巴皇帝》的故事流传甚广，只是后世演绎往往漏掉了一个情节，故事中哑巴皇帝的屯兵处即五营兵。山称"五营兵"，显然套进了这段传说。山上山下的石景，看来都充作故事的素材。"八阵石营"，其实是对"五营兵"的一种雅称。据说，这里山石坚硬，纹理干脆，容易开采，一度是个热闹的采石场，山头的石锣、石鼓、石船便是这么毁了。这片乱石滩，到底跟开采前的旧貌差异有多大，现在很难判断了。而今站在此地，越过竹屿口洋面的大小礁屿，依然可以望见远处矗立的半洋石帆。竹屿口被围垦之前，其海域一直是平潭对外交通的主要水道，商旅舟楫，出入往来。想来，这也是"八阵石营"以及"木猴探水"扬名前世的重要原因。

设身处地，我们也不难想象，不论阴雨薄雾，还是黄昏拂晓，若天色朦胧之际，自海中眺望，或见此地石堆环列，潮水暗涌。那猎猎海风，幢幢黑影，不啻是"一石动则众石随之"，风声鹤唳，如临大敌。只是，若离了这段神话，景致氛围显然大打折扣。就像今天，没有了石锣、石鼓、石船诸胜的衬托，犹如撤去了后幕布景的舞台，热闹的神话悄然退场。面对滩面的这片乱石堆，谁能想到，这里是旧时十景中赫赫有名的"八阵石营"呢？"五营兵马几百万"，这句世代相传的口头禅，几乎沦为了一条神话逐年褪毛的尾巴，即便是附近村民，也道不出其所以然了。

山都在那里

北港村后的跃龙岗，记不得来过多少回了。莽莽一派巨石阵奔若泄洪，前呼后拥，迎面扑来，恢宏壮观。每一次登临，都会路过半山腰的锣鼓石，方石横敧，敲击两头，有锣鼓铙钹之音。今好事者又美其曰"石头会唱歌"，添油加醋一番，使其声名远扬。而我甚少在此逗留，心中惦记的还是山巅之间的观日台。

"崇台观日"一景，民国县志的记载相当简略。"在君山插云峰东，石高如台。丛石中一方石深凹积水，虽旱不涸。黎明时，东方日轮涌出海际，如万道金光直射凹泉，奇观也。"另清光绪《福清县志》的"君山观日图说"则如此描述——"君山在海坛之东，高插云霄，诸山卑若臣仆，故以君名。若风静浪恬，东方未白，登眺峰头，紫澜无际，殆欲接扶桑而遥。少焉，五色浮光，芒焰艳煜，水溶漾有声，而火轮出浴矣！初若半圭，俄如转球，汹涌翻掀，射天门而直上。赫曦所映，万顷金波，令人目眩神荡。彼岱宗日观所睹，古今叹为奇绝者，当不过如是"。这段文字写得文情并茂，典丽而且洗练，不啻一篇绝佳美文。不难发现，民国平潭建县之初，"君山观日"都是以跻身福清旧时十二景的盛名，装在了融岚两地文人墨客的心中。由此，也无怪乎附录在"崇台观日"条目之下的《海坛山观日》一诗乃出自福清人之手。"万顷波涛一镜开，彩云涌处接天台。敢夸身在层峦上，引得晴光拂面来。"这首豪迈奔放、意气风发的七绝作者是何连城，福清龙田人，清康熙年间举人，是清初享誉地方的一位诗人。

这些都是百年前的文字了。今天读起来，一样使人心神荡漾，足以移情。若将两部地方志所辑对照，又会发现所指"奇观"各有所重。我们的福清老乡多渲染"观日"，而本岛文人则着墨"崇台"。我想，身为平潭人，大都不缺海边观日的地点与经历，以本人为例，自家阳台、龙凤头沙滩、猫头墘弥勒峰诸地，不一而足。一次观日，那份喷薄之情往往在胸中激荡数日。印象里，旭日初升，或如婴儿出世般可欣可爱，或如新娘出门时羞涩动人。时季、

图 3　君山观日台

天气、地点不同，每每所见所感各异。想来前人亦然，心有所契，在哪儿观日似乎比"观日"本身重要许多，而君山崇台作为海坛岛的最佳观日点，几乎是古今不易之论。可是，当下我们想实现这个心愿，反而是大不易了。

想想自己何时动起这番念头呢？说不清了。抛开儿时爬山登台的旧事不说，近十年间，踏足此地四次。两次自山顶下，两次自山脚上。山顶下需驱车上山，周折颇多，想赶在天亮之前到达此地，几无可能。唯一可行的办法，就是从北港村后的跃龙岗上山，登到巨石阵的尽头，再从高过人头的蒿草中辟出一条小径，横插上去数百米抵达。这种活儿我们干过两次了，约几个朋友，带几把砍刀，费老大的劲连滚带爬地登赴此地，途中险象环生。而这般挣扎出来的"登山路"，实在也满足不了登台观日的条件。等隔年再来，疯长的丛棘又淹没了旧路，一切又得重新开始。山上的情形也好不到哪儿去，凌空耸峙的高台之上，蔓草丛生，荆棘密布，几乎找不到可靠的落脚之地。那个前人所记的"方石凹泉"，哪里还找得到蛛丝马迹！如此折腾两次，同行的伙伴大都也扫兴了。我呢，怀揣着文字间的想象与蛊惑，每一次上跃龙岗，都要登到尽头，隔着青青黄黄的半山草木，远眺山巅的那丛石台，沉吟良久，怅然而还。自此留下一桩心事，难以休停。

旧时十景，君山居其二。除了"崇台观日"，还有"君山插云"。"君山为平潭巨嶂，在大墩、坑北两区间，周围二十余里，高千仞，群山环抱，中耸一峰，上插霄汉，云气常结不开，一岁无数日霁。"这段文字颇重画意，"高千仞""一岁无数日霁"，对于重实证的人而言，尽可不以为然。宋郭熙论画，有"山无云则不秀""山无烟云，如春无花草"，又有"山欲高，尽出之则不高，烟霞锁其腰，则高矣"，所论皆画品三昧。前人辑"平潭十景"，胪列"君山插云"为首。一来因君山为海坛地理祖山，海中高峰，唯我独尊；二来，多少又与传统文人的审美情趣有关。清末施天章补辑二十六景中增添"罂山晓岚"一景，记"今春夏之交，晓望山半，氤氲杳霭，自是山中一妙境"。前人所见，其中自有道理。

君山多雾，常有岚气往来，故又名东岚山，平潭也因此简称"岚"。这些都是平潭人的常识。而我的疑问是，"君山插云"与"罂山晓岚"差别何在呢？仅仅是观景时值拂晓与否？那同为其时，漫山烟云缥缈，如纱如雾，称之为"罂山晓岚"则可，称之为"君山插云"则不可吗？我特地请教过一位教地理的同学，据她所云，不同的是云属种类。借用现代气象学的术语，那些来到君山的云都是低云族的层云，或薄暮层云，或降水线迹层云，或碎层云，其共同的特点，或似烟雾缭绕，或似轻纱笼罩。前人往往称之为"岚"——山中雾气，春夏之交拂晓日暮常见。那"君山插云"之云，应该是低云族中的层积云，或堡状层积云，别称炮车云、塔云、宝塔云，成片成团，如峰如峦悬降山头，这类云在晴朗的夏季多见。还有一种特别的荚状层积云，像飘带般悬浮山腰，有人将其比作"天上的玉带"，所造之景则称"苍山玉带"。再有一种更特别的是"戴帽云"，规模小的像斗笠，像飞碟，降止山头，玲珑可爱；规模大的则如积雪泻玉，洁似新棉，净若牛乳，满满当当轻覆于整座山之上，其上边缘清晰光滑，其下隐隐透出山影，山愈青，云愈白，夺人心魄，赏心悦目。这大概才是真正的"君山插云"胜景吧？

古人曰，山可行可望，可游可居。可游者，崇台观日；可望者，君山插云。虽然我们无缘可居山中，可行可游可望者，不乏其数，罂山晓岚、跃龙岗、君山古道、山间长溪、山中古村种种，尽可各取其便。近年，看着国际旅游岛发展势头迅猛，人心振奋。那么，有朝一日，从从容容上山，优哉游哉观日，想来也不会太远了吧？况且，山都在那里，一直都在那里。这些，都是同学纾解人的话，听起来，深契我心。

　　行笔至此，回顾一下。十多年前，我便拟下这个选题，一直没动。现在来写，当初的许多疑问依然没有肯定的答案。确切地讲，我只不过是记下这些年来断断续续的行旅游踪罢了，改作"寻访记"似乎更妥一些。怎么办呢？不纠结了，就这样吧。

庚子仲秋

写在山中的诗

"山中几条龙？"这里的山指君山，龙指龙岗。

君山上有一种特殊的地貌。"在君山半岭，拳石累累，俨如鳞甲，势分南北，作双龙腾击状，远望欲飞"。这是民国《平潭县志》卷四《山川志》"跃龙岗"条目里的介绍。其实不然，君山上类似的地貌不少，北麓有，东麓也有，巨石堆错，沿山势分派绵延，势若游龙，俗称"龙岗"。那么，前人为何只拈出这两条来说呢？

图4　跃龙岗

究其原因，一是"双龙抢珠"胜景盛誉，二是与曾经的千年古刹国清院渊源颇深。

我的同村前辈张天华先生有篇文章——《跃龙岗与国清院》，收在1984年印行的《平潭风物（第一集）》。据他所述，半岭两派岩石各长三百多米，酷似飞龙，近乎对称。龙尾在上，龙首在下，低仰相向。龙首前方有座半球形小山，俨然腾跃夺珠状，景称"双龙抢珠"。而古刹国清院山门面向西南，与"龙珠"遥相对望，双龙正好分列左右两边，地理形势堪称"福地"。名山、古刹、胜景，珠联璧合，辉映千年，闻名遐迩。

不幸的是，此番情景只能在张先生的文字中追忆了。1950年，因大刀会暴动，国清院被拆毁。1973年君山水库建成，西侧的龙岗也随之被扒去。如今剩下孤悬山上的东侧龙岗，中间横贯过一条毁弃的水渠，上部掩映于青藤绿树之中，实在也看不出旧时的规模形势了。有一年登山，我们便是从这条龙岗边上的密林往上"蹿"，不料"蹿"到了一座新修的小庙。抬头一看，青石镌刻的"国清院"三字悬嵌山门，门前还散落几根石雕残柱，我们竟以为找到了古刹旧址，着实兴奋了一阵子。其实，那里并非国清院旧址，旧址还在此地东边的山头上。

名山还在，古刹胜景都不在了。据张先生的回忆，他登山的时间应上溯至1930年左右，所见情形是晚清重修的堂构。前后两落，后落正殿供奉金身佛祖，俗称"三宝殿"。殿前楹联两对，分别是"非诸佛故张冷眼，恨凡人不肯回头""国护大清，几朵莲花成世界；院临绝巘，半山云树锁禅关"，由清道光年名士陈方策撰题。左房供奉帝爷，七爷、八爷（黑白无常）等分立两旁。右房为双层仙楼，是旧时善男信女二月、八月间的祈梦场所。我幼时听曾祖母讲过国清院祈梦事，据此看来，其来有自。而最令人心驰神往的，则是当初的寺前辟有田园，用于种菜养花之余还供应香客斋饭。炎炎夏日，寺中井水冰凉清澈，最宜烹茶，游人多在此盥洗歇脚，品茗消暑，极一时之盛。更有骚人墨客四季来游，吟诗作对，祈梦楼中的粉壁任由涂鸦，被写得密密麻麻。驻足赏读，不乏名篇佳句。此景此形，最显名山名刹之旧时风情。而今我们读到的那些诗句，大概也不乏题吟寺中或录自壁间的吧？

　　清代留下的君山诗，几乎都收在民国《平潭县志》的《名胜志》一卷。其中，最引人注目的还是林琪树、陈方策、施天章三代师生的作品。今天，我们若带上他们的诗句进山，多少还能借此重温旧时的山中风貌，亦能透过他们之间的隔代酬唱，遥想昔日海坛文人的风雅性情。林琪树的《宿九连松书舍》《宿君山村居》与陈方策的《君山山门即景》，分别对应的村庄是君山后、君山顶及山门前。林琪树，号瑶川，原籍福清平北上都硋窑村（今三山镇海瑶村），清嘉庆年间的举人，"领嘉庆庚午科乡荐第二（亚元）"，三赴春闱不第，放归后主讲兴文书院，一度也在五凤楼林氏家塾坐馆。此君生性乐游，时常呼朋引伴游君山。从他留下的二题七律，亦可见其山中游踪甚广。以时代计，他笔下的君山后、君山顶村貌距今将近两百年。再从清末施天章补辑二十六景中"九松书舍"条目可知，君山后那九株连理的老榕如果还在，树龄也不低于二百年了。而当初那棵郁郁苍苍的九连松以及其下的古老书舍何时伐去？何时凋零？竟连现在的君山后村人，都说不出个所以然来了。世事沧桑流转，恍然一梦。

　　再看《宿君山村居》："君山之曲君山王，山曲微凹隔夕阳。白马坛前青藓碣，丹崖障里碧云庄。"这首七律的前四句纯是写景，首联中的"君山王"是庙号俗称，又名"登云寺"，民国县志《祠祀志》记为"君山王宫"。次联中的"白马坛"是山岭，即白马坛岭。二者间关系甚大，原因是登云寺供奉白马尊王（一说为闽越王郢第三子，一说为闽王王审知），故有此名。施天章论海坛形势，有"就君山南北望之，大概有五叠峰。由插云峰南稍俯，为后垄村，为水磨岭。再南仰起第二峰，为白马坛岭，丛冈错立，趋南稍平"。句中谈及的"白马坛"所指即此。而古人耳熟能详的地名，今日解释起来却颇费口舌，也是无奈。现在登云寺旧址上有后修的小庙，从散落周边硕大老旧的柱础判断，规模已大不如前。可见鼎盛时期的登云寺雄伟宏敞，背山面南，视野开阔，飘带般的山溪环绕寺前，环境清幽，堪与

图 5 君山湖

山上的国清院遥相呼应，两相媲美。

不论是《宿九连松书舍》还是《宿君山村居》，在观景写景之余，林举人都不忘直抒胸臆，吐露心情。前者尾联是"世俗从来嗤潦倒，款留偏觉客情浓"句，后者尾联是"兴会不应浑作梦，西窗剪烛话连床"句，看得出这是一位重情重义的儒士。诚然，探奇蹑踪之际，林月笼烟之间，最暖心最动人的莫过于弥漫心间的客情友情了。今天读来，两百年前的古人交情，不是还能在我们的心扉款款荡漾？当年林琪树登山投宿山中村居，时节该是"霜后松花"的深秋。而多年之后，他的学生陈方策来游，却是一个莺飞燕舞的春天。

陈方策是林琪树的学生，天才少年，读书种子。他自幼喜好吟咏，儿时即有清超佳句流传，如"空有知情同室燕，更无和事隔邻莺""香满山城花县令，翠连衡宇柳先生"等杂句。其父陈玉山也是一代名士，曾主讲过兴文书院，其下堂侄陈云、陈封等人都是学界名流，清末名媛林淑贞是他的亲外孙女，实乃书香门第，满门俊杰。

《君山山门即景》一诗，今人理解多以为意指山门前村。古人云，春山澹冶如笑，令人欣欣。在陈方策笔下，这个山间的古村远离尘嚣，不啻世外桃源。此中佳处，依山傍海，田园阡陌，数十人家，正值春和景明之际，碧树红花，相映成画。若我们就此补上一些熟知的古村风貌，如村后山涧的水磨溪，春水新涨，清流激湍，潺潺而响；村中青黛色的石厝，错落掩映，鸡犬相闻，炊烟袅袅。还有村前那蜿蜒而过的猫缆溪（又作"马兰溪"），溪外那绿意葱葱的水田，山中白云飘絮，山外碧海蓝天……不难想见诗人眼中那融和骀荡的春意，以及胸中那勃勃生发的欢欣，也无怪乎他随兴引来白乐天的《钱塘湖春行》诗意作结："我欲卜居从白傅，绿杨明月共清华。"春树垂堤，水木清华。而这首诗，多少又呼应着白诗清新隽永的格调，带人轻松地在那个春天的山间陶醉。

自古以来登君山，山门前都是最便利的入山处。而今后山的古道依稀尚存，沿着青藓斑斑的石磴拾级而上，穿过山腰可直抵君山顶村南的水库坝下。这条年代久远的山中古道，嘉庆年的林琪树走过，道光年的陈方策走过，当然，后来咸丰年的拔贡施天章也走过。

施天章是陈方策的学生，清末名儒，他与他的老

图6 君山古道

师一样，均以诗文俱佳显名。他对平潭地方志乘的贡献有开山奠基之功，留下的诗文作品，无论数量质量，民国之前皆无人能出其右，影响深远，功莫大焉。在传世不多的清代君山诗中，他的作品也算一"大宗"，有《游国清院》五律一首，《登插云峰》七律两首，还有《重阳后五日登君山作》七律两首等，所占近半。

前人为施天章作传，称赞他"游庠食饩后，益以远大自期"，此乃知人语。我们且不说他的学问如何，但凭吟诵其留下的这几首君山诗，实也不难窥得其性情为人一二。不论是"万壑俯临谁作障？一声长啸欲乘风"句，还是"长风破浪来千鹬，孤障乘边驾六鳌"句；也不论是"万里秋风来断雁，一江寒水走神鳌"句，还是"叠石层崖夸看日，当空一障欲摩云"句，均可读出其雄健沉着、气势蓬勃的声调风采。另从诗中"两度种桃""廿年攀桂"所透露的信息来看，又大致可知这些律诗多是他中晚年的作品。也就是说，相传其赋华瞻典丽，其文擅长说理，其诗潇洒豪迈，正合他生平的一贯作风。若说为文作赋偏显才情，那么，诗歌律绝最彰性情。其人志存高远，豪情飞扬，在这两组登君山的律诗里表现得淋漓尽致，一览无余。他晚年斋号"抉云楼"，取典自苏轼《潮州韩文公庙碑》文中"手抉云汉分天章"句，人名"天章"，斋号"抉云"，可想他对自己诗赋文章的抱负与自信。再看他晚年老骥伏枥笔耕不辍的努力，进取之心，凌云之志，真可谓一以贯之，终生不渝。先生风范，教人景仰也催人发奋。读其诗，如见其人，在风雨飘摇的晚清社会，先生真儒士也！

今天，我们把这三代师生的君山诗放在一起读，只要多读几遍，就能读出一些薪火相传的意味。如果说，林琪树"梦里洪涛起卧龙"句与施天章"孤障乘边驾六鳌""此身无用即鸿毛"诸句之间不过是旧时读书人追求功名事业的寻常呼应，那施天章"游

人不信蓬莱岛，尚在大江东更东"句，则几乎是从林琪树"谁谓
游踪观已尽，东岚此去是瀛洲"句脱化而出，诗意相承，情调相应。
而《游国清院》诗中的"归途回望处，云树锁禅关"句，施天章
更是直接引用其师陈方策撰题的寺中楹联了。在我看来，这些师
生作品间的隔代启发与照应，既可视之为一种传承，亦可视之为
一种致敬吧？想到这层，不禁倍感温暖。

陵谷变迁，人事代谢，千年古刹凋零，双龙胜景难再，不免
令人惆怅。所幸尚有前人文字相馈，这些写在山中的诗，可以继
续装进我们登山的行囊，长歌低吟，聊作慰藉。记得清末《重修
国清院记》一文曾有这样的话："夫宫阙篙莱，桑田沧海，古今
人所以同寄慨也。"百年沧桑白云苍狗，归途回望云树空山。当
年榕城举人陈仁客寓岛中的这番喟叹，犹然回荡山间。

辛丑暮秋

附录：清代君山诗九首

宿九连松书舍

林琪树

探奇似蹑武陵踪，鸡犬桑麻护古松。
花好朵成连理树，山穷补出九嶷峰。
面前绝壁回飞鸟，梦里洪涛起卧龙。
世俗从来嗤潦倒，款留偏觉客情浓。

宿君山村居

林琪树

君山之曲君山王，山曲微凹隔夕阳。
白马坛前青藓碣，丹崖障里碧云庄。
雨余林月笼烟淡，霜后松花贴径黄。
兴会不应浑作梦，西窗剪烛话连床。

登君山绝顶

林琪树

危峦绝顶俯苍邱，远压全潭近枕流。
石乱有泉皆见隙，地寒无雁不知秋。
龙冈雾散群峰雨，鱼屿潮冲一叶舟。
谁谓游踪观已尽，东岚此去是瀛洲。

宿君山村居

陈方策

此中佳处绝尘哗，亦种桑麻亦种花。
去后顿忘松几岁，来时尚记路多叉。
长江浪破三千水，碧树春围数十家。
我欲卜居从白傅，绿杨明月共清华。

登插云峰（二首）

施天章

何处飞来岫一丛，森然直树浪花中。
往来云气天离合，荡漾岚光昼溟濛。
万壑俯临谁作障？一声长啸欲乘风。
游人不信蓬莱岛，尚在大江东更东。

峰插云霄气势豪，登临不厌首重搔。
长风破浪来千鹢，孤障乘边驾六鳌。
两度种桃仙观静，廿年攀桂碧天高。
愧无谢朓惊人句，帝座遥通问讯劳。

重阳后五日登君山作（二首）

施天章

重阳五日补登高，景自萧疏兴自豪。
万里秋风来断雁，一江寒水走神鳌。
衣因拜石腰常折，诗不问天首漫搔。
遮莫攀藤愁涉险，此身无用即鸿毛。

儿孙罗列各纷纷，始信山名不愧君。
叠石层崖夸看日，当空一障欲摩云。
寺荒野径迷难辨，佛古愁肠诉不闻。
枉道有仙能说梦，紫霄香气尚氤氲。

游国清院

施天章

入寺路湾环，抠衣独眺间。
点头惟有石，入眼更无山。
白浪千层涌，红尘十丈删。
归途回望处，云树锁禅关。

道彰岩与宋元遗闻

清末拔贡施天章补辑平潭名胜古迹二十六，"道彰古岩"居其首。"道彰"之目，古岩之"古"，系指岩壁上的题镌朝代而言，时在北宋。据前人所记，与它同时期的摩崖石刻本来还有两处，一处是"梯云岭"，依据也是施天章补辑的"梯云石磴"一景，施氏以为是宋嘉祐年间（1056—1063）钟门设巡检司时的名人手笔；另一处是白沙垄村垄仔底的"古军路修建题刻"，依据是 1996 年印行的《平潭县文物志》，内容系属北宋古军路修建情由与题缘姓名。而今，"梯云岭"尚未找到，下落不明；垄仔底"古军路修建题刻"尚在，但内容多半模糊不清，难以辨识。相较而言，道彰岩石刻则保存完好，题刻字迹清晰可辨，成为平潭现存年代最早的摩崖石刻之一。

图 7　道彰岩

道彰岩位处平原白沙垄村西山麓，所在巨岩错叠，形成上下两个洞穴。因叠石一侧形如蛇头血口，俗称"蛇嘴石"。道彰石刻位于上洞岩壁，由三个部分组成。一是题目，楷书横镌"道彰岩记";一是正文十六大字:"岩本元有,道假人弘。
熙宁己酉,兴自彰公";一是旁注四十八小字:"本贯怀安,受
业仰山,特寻胜概,遇兹岩穴,堪为寂止,遂用兴修,已逾一纪,
乃志夙昔耳。时元丰五年岁次壬戌冬十月刻于石"。内容大意是,
僧人彰公,福建怀安县(今属福州)人,曾在江西宜春的仰山栖
隐禅寺(古称"仰山寺")出家受业。宋神宗熙宁二年(己酉,
1069)这年云游海坛,此地山水风光深深打动了他,他舍不得离
去,决意栖居这里,并发下宏愿,募缘兴修寺院,弘扬佛门道法。
这件事情,他足足坚持了十二年之久,终于在元丰五年(1082)
大功告成,完成夙愿,勒石纪念。

也就是说,距今近千年之前,现在白沙垄村西的这片山坳之
间,曾经有过一座寺院,它的创始人兼第一代住持是北宋怀安的
僧人彰公,来自禅宗五家之一的沩仰宗祖庭仰山寺。这座寺院后
来几经兴废几经重修,我们已无从知晓,但是,在它彻底废圮之前,
起码延续有九百余年的历史。理由是,这里的岩壁上还有两处清
人的石刻:一处是"洞天一品",一处是"岩本天成,道彰其名,
兴自宋代,迄我大清",都是出自清末海坛宿儒游腾辉的手笔。
晚年的游腾辉受聘于白沙垄林氏当私塾先生,教馆就设在这座寺
院之中。他留下两首七律,一是《大士殿讲学》,一是《梯云石壁》,
应该都与这段经历有关。而今推算起来,这座古刹消失的年代离
我们不远,大约尚不足百年,如果它能与道彰岩石刻一起保留下
来的话,也算得上是一座千年古刹。应该说,像这样的千年古刹
平潭远不止一座两座,同样是宋代,海坛里还有清凉庵、罗汉院、
泗洲院,这三座寺院都记在南宋淳熙九年(1182)成书的《三山
志》中。其中,清凉庵乃后唐清泰元年(934)建置,罗汉院乃
宋太宗太平兴国六年(981)建置,比这座道彰古寺还要早上百年。

在后世的传闻中，君山国清院与院前东院寺，一般也认为是建自宋代，遗憾的是它们都没有留存下来，东院寺毁于明季倭患（考证依据是其流落遗存的柱础形制），国清院则毁于共和国初期的大刀会暴动。岁月嬗递，历史变迁，这些寺院最终一一凋零殆尽，消散在滚滚而过的历史风尘之间，鲜为人知。

道彰岩所在山脉叫龙头山，民国《平潭县志》描述这条山脉时，称其为"海上里西区发祖之山"，"自龙头北向奔赴，至朴秀区之青湾澳而止。南向或起或伏，至玉屿山而驻。"它纵贯南北，绵亘二十余里。在今天看来，如果说君山山脉是平潭的地理祖山，那么，龙头山山脉可以说是平潭的人文祖山。在平潭人文历史沿革代序中，上至数千年前的新石器时期的壳丘头遗址、龟山遗址，两千前的闽越国时期的天马山遗址，一千年前的北宋古军路遗址，下至五百年前的明代嘉靖抗倭时期的桃花寨遗址，以及清代水师诸汛地与古村落、古民居，民国抗战志士故居等等，许多重要的历史现场与遗址几乎都绵延不断地集中分布于此。除了道彰岩，前面提及的另两处的宋代石刻也是，都在这条山脉之间，而且相距不远。若以那条千年古军路的路线为纽带，这三处石刻，要么就在古军路路边，要么位于古军路附近。作为同时代的摩崖石刻，它们一起见证了平潭那段景物繁华令人神往的宋元时代。

"平潭见于书，唐为牧马地。"这句话多被视为平潭文献信史的肇端。海坛成为唐朝官办牧马场的年代，大约在唐德宗贞元年间，据《旧唐书》《新唐书》，福建都团练观察使柳冕奏设万安监牧的年代为贞元十三年，即公元 797 年。据方志留下的传闻，当时的核心牧区设在君山西侧的鲲湖，鲲湖旧名"西湖"，意思是湖在君山之西，故名，即现在中楼昆湖一带。到了北宋初期，宋廷借鉴旧制，又在海坛设置牧监养马，属"福州四牧"之一。

不过，不管唐朝宋代，海坛两度作牧马场的时间都很短，唐朝期间前后仅有八年，延及贞元二十一年（805）唐顺宗即位，"四月罢闽中万安监"。宋初或相对长些，但前后也不过数十年而已，各种地方志书多留下"宋初置牧监，寻罢"的记载。至于罢废原因，或因侵扰民生，或因管理不善，但关键是所产之马驽劣凶悍，不堪驱用。宋初朝中大臣兼文学家杨亿（974—1020）就留有"海坛马子似驴大"之语。

在我们后世平潭人的认知里，唐宋海坛马一直笼罩着神话般的光环。原因是明万历与清乾隆版《福州府志》、清康熙与同治版《福建通志》、清康熙、乾隆及光绪版《福清县志》与民国版《平潭县志》均相沿转载着这一段话："（海坛）山旧产马，毛鬣有异文，相传以为有龙种云。"民国《平潭县志》书中"鲲湖"条目下，更有这样的演绎——"唐宋时为牧马处，湖有龙与马交，故产龙驹"。龙驹之种，飙风鸣鞭、骁腾横行似乎才是它们该有的形象。而可信度更高、更近于史实的则是"宋初置牧监，寻以驽骍罢"，见诸明末成书的《闽书》与清初成书的《读史方舆纪要》二书。清以后多种志书相沿删去句中"驽骍"语，或许，始作俑者鉴于神话与史料扞格不入的矛盾，轻率勾画，未料贻误后世。这是题外话。

话说回来，唐宋两度中断的牧马时代，时间虽短，却对平潭早期的拓殖开发有着意义深远的影响。一般以为，唐末五代卢林二氏卜居小练是汉人入岚有据可查的起点。其实不然，肇自唐为牧马地的历史因缘，汉人拓荒经营平潭的历史已然拉开。一者，我们依同时期同为牧马地的金门情形比照，其时有蔡、许、翁、李等十二姓进入金门牧马并留居下来，平潭应该有类似的情形；再者，"唐为牧马地，后渐有寺宇"。若没有前期人口的繁衍与积蓄，也谈不上有后来清泰元年（934）建立的清凉庵，这前后时间相距有百三十年左右。到了宋仁宗皇祐年间（1049—1054），"许民耕垦"。其时，宋初牧监极可能已经废除，否则显然有耕牧之间的冲突。这一次的罢牧转耕，大概又触发了一轮内陆汉民向海坛岛的移民潮。因为往后再过百三十年左右，到了南宋淳熙九年（1182）《三山志》成书之时，海坛户数已达三千之多。

另外，在北宋皇祐之前的宝元年间（1038—1040），钟门便设有巡检司，驻兵一百。皇祐之后，嘉祐、治平、熙宁年间，几乎每隔数年，或移海口，或移钟门，或移止马门（今石牌洋沿岸），或移苏澳等地，兵额有增有减。宋初巡检司的主要职责是训练甲兵、巡逻洋面、擒捕盗贼、防护番舶、稽查盐茶与香药走私，保障福州至福清的海道安全。那条著名的千年古军路（俗称"军马路"）与钟门"马埠头"相传便修建于这个时期，以供输送岛中驻军的兵马之用。如果没有厘清唐宋牧马与巡检司设置的时序关系，我们往往容易将"军马路""马埠头"时期与牧马时代混为一谈。其实不然，此军马非彼军马也。据2000年版《平潭县志》记载，古军路原有两条：一条自平原西营村向西北，经军路底村越过钟门山至门结底村，然后分为两支，一支沿梯云岭下山至钟门下村，一支向北至连街澳；另一条由佛厝岭（今福厝岭）沿钟门山至连街澳，总长约9公里，其路面以大石板铺设，宽2.5米。梯云岭路段铺成数百级的石阶，称为"梯云石磴"。这条古军路历代重修不断，现在军路底山上也留有明代修路石刻。其残余路段一直使用到了二十世纪九十年代，现今仅余若干残迹。

论及道彰岩与古军路的路程距离，山上山下大约不过数百余米，放在古代车马时代，这里的交通地理位置十分便利。如果我们细致考察这条古军路的走向，便不得不佩服古人对山川地形的熟悉掌握与利用。事实证明，这条路是当初进入海坛腹地距离最近也最为便捷的上岛通道。同时，通过号称"船舶三都会"之钟门与连街澳接驳，又是渡海前往福清、长乐最短的航线。可见，龙头山山脉之所以能够成为平潭人文历史的荟萃之地，一决定于地理位置的优越，再决定于市镇开拓的年代之早。小练情形亦然，"山当南北要冲，

图8 古军路残余路段

商舶多会于此，人号小扬州"。在明末清初时人的记述中，曾盛赞海坛"有碧沙洋、百花寨、钟门三镇，街衢阛阓（市区），景物繁华，而科第人才，钟门为盛，盖海表名区也"。可惜的是，我们现在对此茫然无知。宋元海坛科举，我们仅知道林颖一人，为南宋淳熙元年（1174）进士，小练人。五代卜居小练的卢、林二族曾建义斋教育子弟，"淳熙后登第相踵，而林颖乃其倡也"。而林颖之后的科举人物，我们也一无所知。

更让人费解的是，碧沙洋、百花寨所指何处？文献中这类海坛宋元地名还有不少，试拈举《读史方舆纪要》所载："（海坛）山南曰黄崎、曰紫澜、曰牧上、曰砦头、曰沆头、曰大小鳌网……

（三十六脚湖）近坞有大小场、浒头及铁藏，皆为泊船澳。迤东高者为军山，王氏（闽国）时谪戍多居此。其间曰浚门、曰獭步、曰广州埕、曰流水……其北有沙澳，亦曰苏澳，又有沙溪……又有支山曰水马山，有石如舟帆，亦名石帆山。相近者曰霸前、曰金崎头，此海坛之西麓也。"其中所举地名，有的仍沿用至今，如"流水""苏澳""钟门""大练""小练"等；有的是古今谐音异写，如"鳌网（敖网）""军山（君山）""大小桑（大小嵩）"等；有的则似曾相识却难以指认，如"紫阑""金崎头""水马山（又作'止马山'）"，今有"紫兰""金岐澳""马鞍山"等；其余的只能望洋兴叹了。追溯起来，这些地名见诸志书最早且最集中的当是黄仲昭修纂的《八闽通志》，明弘治庚戌（1490）成书，其时据海坛洪武内徙才过百年，且部分地名如"铁藏""水（止）马山"等早见诸三百年前成书的《三山志》。据此，我们基本可以断定，这些地名多是沿自宋元而非肇自明季的时代符号。

　　下至元代，福清全县户数一度突破四万，得以升为福清州。"以海坛诸里佐之也"（杜臻《粤闽巡视纪略》），那时海坛户数据说是三千七百户。"居民依山佃种，濒海采捕。各村地名，百有余处。房屋三千余座，马牛产畜无数。""秋盐鱼课等米计二千余石。"这一点还可以从明初林杨的《奏蠲虚税疏》得以印证："海坛山，地周围八百里，田地七百八十四顷，粮米五千余石，盐额正耗五千余斤，夏税秋租为钱三十余万文，鱼课二千余担。"可以说，自唐为牧马地以降，在五六百年的时间里，孤悬海外的平潭反而独善其身，远离中原改朝换代与豪强割据的兵祸战乱，百姓安居乐业，繁荣安宁，往往成为中原故臣义士遁隐避世的海外乐园。以姓氏族谱为据，山门林氏始祖林如大（林惟浩）与大练陈氏始祖陈彬皆南宋故臣，宋亡之后，义不事元，携眷遁入海坛，择地卜居而繁衍迁播后世。

清末之际，施天章据乾隆《福州府志》征引那段迷雾重重的山川地名，曾写有这么一段按语："盖嘉靖甲午（1534）至今三百余年，屡经兵燹调遣，居民星散，展复后物是人非，称名遂各别殊异焉。"现在看来，施氏或未经手《三山志》《八闽通志》二书，故无年代更远的推想。但是，他按语中隐含对明清海坛沧桑流转的身世感慨，一样是今日平潭人的集体隐痛，一样仍触动人心，引人共鸣。或许，我们会忍不住设想，假若没有明初内徙的悲惨遭遇，平潭地方的人文生态又该是何等面貌？而即便逃过了明初一劫，其后又能否逃过明末清初的迁界一劫呢？说到底，这种设想徒费心神，无非是后世之人恻然回顾的怆叹罢了。那两度无可挽回的历史命运，全然早已转交给故乡凌厉冷冽的季风，年复一年地传唱着过往的辛酸与无奈。

客观地说，平潭留下的宋元故迹遗存着实不多了。以载于民

图 9　霞海禅寺

国《平潭县志》与《平潭文物志》里的那些宋元古迹来看，如连街遗址、西梧凤太平桥、官井村后大丰垄北的相师墓、龙潭福兴寺、当盛尼姑池、安海镇海禅寺、苍霞垄霞海寺等，以及上文谈及的君山国清院、院前东院寺、"梯云岭"石刻、垄仔底古军路石刻等，这些录入方志中的文物古迹，民国县志成书至今最多不过百年，而今几处尚存？几处重修？几处留有遗构？又几处荡然无存？不得不说，像"道彰古岩"这么完好无损地保留下来的，实属凤毛麟角，异常难得。想"道彰"一词，当初题镌壁间，前人初衷该有"刻铭石上，彰示来者"的用意。如今，这作为平潭硕果仅存的宋代石刻，一边为后人彰示着宋元数百年间海坛岛上市井殷繁、人烟阜盛的时代侧影，一边却多少显得萧然落寞。回眸处，皆然是彼黍离离而已。

庚子白露

石韵风流

一

平潭的山石，自忖写过了不少，不过未及写的更多。曾有一大段时间，我都在山上找石头。找到一处心动的石头，总是与之周旋良久，审其形似，度其意会，冥然有感。或心领神会，端坐若失；或若即若离，颇似蒹葭之思，欲罢不能。

敖东镇门前坑村东，山丘上有几处石景。其一状若人形，俯首躬身，宛然披着一件锦氅欲将远行的女子背影。侧面削瘦，孤单独立，其千万幽怨落寞呼之欲出。虽是不期而遇，但我几乎脱口而出，呼之为"昭君出塞"。不错，就是那个"寄语欲问塞南事，只有年年鸿雁飞"的汉明妃王昭君，她凄而无告、怨而不怒的文学形象或许还没有这尊石像来得生动。塞外江南，

图 10　昭君出塞

胡沙碧水，其间时空交织的错位与荒诞，让人恍惚，禁不住生出了更远更多的遐想。南寨山有处"夕阳骆驼"的著名景致，恨不得此刻信手牵来，与之叠加，构出一幅长河落日、去国怀乡的画面。

岚城乡西楼村北的西楼山，熟悉此地的周边村民常称之为"燕仔碑顶"，因其山顶有石景——燕仔碑。该景不宜近看，适合远眺，越远越肖。肖在身首，或如雏燕在巢，立身昂首，嗷嗷待哺；或如孤燕失偶，翘首极目，念念盼归。以我个人的经验，最佳的观景点该在三门澳金峰寺以及中坑、深坞之间的山坡上，后者位于原来的出岛公路（自江仔口、土地后而南）旁。小时候，父亲一次带我乘车出岛，汽车转过坡顶，父亲朝车窗外指去，告诉我对面山头那块醒目的石头便是燕仔碑。自此之后，燕仔碑算是与我结了缘，每当开车路过，我总会不由自主地朝它深情一望，现在还是。这种深情，仍然跟我个人的理解有关。我总觉得，对于我们海坛族群而言，它始终别具一层意涵。

"燕燕于飞，差池其羽。之子于归，远送于野。瞻望弗及，泣涕如雨。"自《诗经》这首凄美的《邶风·燕燕》伊始，燕子便是中国传统诗歌送别怀人的独特意象，其中温庭筠《菩萨蛮·满宫明月梨花白》有"杨柳色依依，燕归君不归"句说得最是深切，燕双飞，人未归，情何以堪？燕仔碑所在的山头，早前是老平潭港的南岸，之后是出岛车辆的必经之路，以海上风浪变幻之无常，以旧时舟车行旅之艰辛，不论是出岛离家远走他乡，还是起碇出洋谋求生计，如果其时望见燕仔碑，我想总能望出几分不一般的心绪。那就是，不管你走得多远，走得再苦，都不能忘记回家。而海坛族群之所以无惧无畏、不离不弃，无非也是为了给子孙开创一个更好的明天，此中深蕴，岂不再次落在"燕翼贻谋"的题义之内？

　　北厝镇湖南后村的"观成万亩"石刻很多人都知道，而摩崖擘书底下的"武陵遗舟"小石景却少有人注意。我常说，如果只看到"观成万亩"而没看到"武陵遗舟"，实不足以体会宋公廷模选址树碑与理想抱负的殷切用心。"武陵人捕鱼为业。缘溪行，忘路之远近。忽逢桃花林……"在陶渊明的文中，武陵遗舟通往的地方便是"桃花源"——那个中国历代文人心中的"理想国"，"有良田美池桑竹之属。阡陌交通，鸡犬相闻"。如果说，每个读书人的心中都有一座桃花源，那时宋公心中的桃花源则是"竭湖造田，观成万亩"，借此造福风沙为患、田地稀少的海坛岛。那块酷似小舟的条石是从巨岩底部自然剥落下来的，与岩脚豁口恰好构成"舟入洞口"的情景，景虽小，却意满味足。当初，宋廷模身临其境勘探地形，心头萦念几多我们难以揣度，而透过"观成万亩"四个字径数尺的榜书与"武陵遗舟"宛若天作的点"景"之笔，他那踌躇满志的勃勃胸臆倒也不难体会。可以说，自然布景与书写题刻在此一上一下、一大一小、一显一隐的密切搭配，天工人力，用心之深，有意无意之间，皆臻高妙。我每感叹，"武陵遗舟"不仅是宋公寄托自己人生愿景的一条小舟，也是启我钝思划向他深衷心曲的另一条小舟……

　　读石如读书，我作如是观。在我写过的家乡山石的文字中，这种个人观感的阐发不少。近的说是一隅之见，一己之得，聊以自得自洽。远的说，还是常常歆羡于前人志趣，他们流连于家乡清俊的山石之间，名之题之，歌之咏之，述之传之，或率性而发，或声情并茂，或朴素诙谐，或寄慨良深，徐徐总总，令人感动。作为后辈，我乐于追随着那些前辈的足迹与视野，亦步亦趋，鹦鹉学舌，再作痴人之语。

二

平潭多石，众所周知。多到什么程度？用现在的话说是"海蚀地貌冠甲天下"。修纂于百年前的民国《平潭县志》卷四《山川志》有独列"石"一章，其中记载："平潭在大海中，四面风沙摩荡。故山皆嵚崎突兀，石皆嵌空玲珑，兼瘦、绉、透三者之妙，袖中东海，所在皆是，兹特举在山之称奇观者列之，若在海之为礁为滩，大则为岛为屿，别详于篇，概不赘载。"前人所见，实在精到。一则说平潭山石"称奇观者"比比皆是，肇因天风海涛，天工造化，而列入该章的数十石景只是局部，有的散见于"山""岭"各章，如牛脊山、鹅头山、老鼠山、跃龙岗、鸡公岭等，均是因石而名；二则说平潭山石俊俏玲珑，兼具传统文人推崇的瘦、绉、透三者之妙。

今人观石，多以象形取胜。如果仅此而已，那平潭山石足以独步天下。如果说名山名川的石景多是"三分取像"，那平潭山石足以"七分取像"，而且数量庞大惊人。如上文提到的鹅头石、老鼠石、鸡公石、骆驼石，还有梦山的猪母石、东昆的鸬鹚石、玉屿的牛脊骨、南寨山的鸳鸯理翅等，在在酷似原型，惟妙惟肖，毫不虚夸。有的实在太像了，再经历代乡人的围观与品赏，往往演绎出许多美丽的神话传说，如哑巴皇帝与石牌洋、牛脊山与出米石、猫与老鼠、白鹤护主（鹤石原在苏澳鹤厝村后，今毁）等。而这些神话传说反过来又为这些山石披上一层层神秘的色彩，令山石愈发迷人。

当然，这些神话故事最终能付诸文字流传下来，其中免不了历代文人的参与，加工润色是显而易见的。就一些山石的命名而言，如北厝六条门村有座喜鹊山，山间壁立巨石如鸟嘴悬空，记在书上则为"鸟喙山";再如敖东南澳仔村东北，空旷的田野当中有一巨石耸立，高大雄伟，虎虎生威，村民称之"老虎石"，记入书中则是"蹲虎石"。同石异称，前者直白平实，后者稍加修饰，渐趋文雅。这时候，文人的介入并不见得比我们质朴的乡人高明多少。而真正能让文人发挥出独特作用的，则在于他们以自身的学识素养与独到眼光，赋予山石妥帖的文化内涵，拓宽了山石审美的尺度。让石头不光是石头，而是有了个性，有了灵魂，有了不可替代的人文含量。

三十六脚湖北岸的鬼垒山东，一石高有丈余，亭亭玉立，四面玲珑，煞是可人。前人称之为"观音岩"，与其说取其"远望曲肖人形"之外观，不如说取其清逸脱俗之风致。以前山脚还有一塘池水，碧水如鉴，天光荡漾，石影轻盈，不但赏心悦目，而且超凡出尘。名之"观音岩"，即见出石之神韵，又见出前人目之所及，高迈而独到。

北厝镇天山美村东有处故居遗址，系清末境内名流林云衢、林瑞凤父子的居所兼读书处，林氏父子在东边辟有一园，"园中树木多百余年物，四围种竹为篱，清风时来，天籁自鸣，故以'竹鸣'名。松荫置石几、石凳为夏月纳凉之所。旁有巨石，高丈余，状如古佛盘足坐。石上苔痕斑驳，衣裙如画。

图11 观音岩

足间坦如床，可容一席"。据此可知，此石主人将其命名为"古佛"。石间豁缺处又称"石床"，又记"石床后设有小榭，颜曰'卧云'，旁题一联'松际窥人孤嶂月，山中留客半床云'"。时过百余年，而今竹鸣园早已凋零不堪。一株老榕高大茂盛，郁郁葱葱，周围依稀可见细竹杂生，但园中残垣狼藉，今昔景况大相径庭。所幸"古佛"巨石屹然而立，天然石床赫赫在焉。

此地我造访再三，时有感伤之念。遥想当年盛况，小榭窗外，明月清风，石佛俊秀，真可谓"窗前俊石泠然，可代高人把臂；槛外名花绰约，无烦美女分香"，一卷诗书，足慰平生。此地清幽，不免文人雅集，煮酒清谈，吟诗作赋。时任兴文书院山长的福州举人陈仁一日来游斯园，便留下《竹鸣园四景吟》，其中有《石床卧月》《莲沿清泉》《晚径寒菊》《榕树秋涛》四题，格调清绝，清新可读。透过诗文，我们不难体会林氏父子选址造园、观石名石的眼界高超与用意高致，人石之间，相互观照，相互寄寓，前人高雅，实在令吾辈神往不已。

"山川名胜待高人，一经品题增隽雅"，这是林振采《片瓦石室》诗中句。游山玩水、观石赏石之余，品诗题刻是传统文人的风雅韵事。咏物言志，寄寓情思，每每有神来之笔、惊人之语。相传苏东坡藏有一块雪浪石，诗云："异哉驳石雪浪翻，石中乃有此理存。"一块云纹相错的石头，苏轼看出了浪潮翻雪，听出了万古涛声。其实，在平潭前辈文人当中，本也不乏其人。我常感慨，以平潭山川之美、风物之胜，清一代文士辈出，相传施万春、陈方策、任可大、任杰、任柱鳌等人都有文集专著，可惜基本上散佚殆尽，想来令人扼腕。能够记在民国版县志中的传世之作，其数微乎其微。上文所引陈仁《竹鸣园四景吟》、林振采《片瓦石室》，均属幸免之万一。虽然咏石类诗文还有闽侯举人俞庭萱

《笔架山指动石》《龙屿吟》等，但也寥寥无几，屈指可数。其中，林淑贞的《石帆绝句三首》最得我心，该诗立意高标，诗风雄健。前辈蕙质兰心，别具慧眼，尽得景致三昧，又深显乡土情怀。作为以山石为题材的乡土作品，该诗放在那里，便是一座高山，一直都是我推崇再三的私淑之作。

三

平潭旧时称"指动石"有两处地方，一处在平原横山寺背后，一处在敖东笔架山下，俞庭萱写的是笔架山下的指动石。此诗与陈仁《石床卧月》异曲同工："高枕本无忧，贞心况比石。""纵听指挥甘首肯，坚贞本质总难移。"以石寓志，不难理解。这里值得提及的是，指动石之前还有一块巨石，状若钤印，故且称之"官印石"，石之前是南安陈逢成前辈的坟茔。陈逢成，号友梅，咸丰年间举人。史载陈老前辈博览群书，天文地理无所不通，"享寿五十有四，将卒之前一月，治后事并遍向戚友辞谢，盖前知也"，说来甚是神奇。可想而知，精通堪舆之学的陈老前辈一定是生前自治卜葬之地，其墓联有"谋及形骸惭不朽，说关风水卜长祥"句，说的大致也是这意思。但是，我们且不论此地于风水上如何"寻龙、点穴、察砂、观水"诸种讲究，想想陈老前辈生于斯、长于斯、学于斯，笔架山与山下的豁开精舍、指动石、官印石，以及山上的一草一木，哪一样不是耳熟能详呢？哪一样不是蔼然可亲呢？仅凭这些，我想也足以慰藉前辈那一种"长留本地好风光""别有一天真世界"的生平心愿吧？

当然，堪舆学在中国也是一门源远流长的传统学问，既包含丰富深刻的传统文化，如阴阳易理、五行八卦、天干地支、理学气论等，且折射出中国人深层的民俗信仰与文化心理，反映了中华民族"敬畏天地""天人和谐""趋利避害"等朴素的自然观与建筑观。可以说,中国能够留下的著名古城、古建、园林、名刹,几乎无一可以脱离传统堪舆学的影响。以本人之鄙陋浅识,自以为堪舆学并非一无是处,其有科学合理的一面,也有心理暗示的一面。此处不予展开,不妨再举数例与之有关的有趣山石。

上述笔架山位处敖东南安与任厝两村之间,施天章称之"山中岩壑天开,万山在目,胜境也"。山因石而名,山顶一列巨石并排相倚,高低错落,清隽喜人,中有二三缺口,甚肖笔架。笔架山下,南安、任厝两村清代出了三个举人,贡生文庠更是层出不穷,人称此地"簪缨济济",真不知得笔架山灵气多少?无独有偶,同为文墨渊薮的澳前后楼陈氏一族,其祖居对面山上诸石亦称为"笔架石","数笏排成笔架,故名"。其中奥义无从深究,

图 12　笔架石

不管如何，其先人在卜居选址方面，无疑都动了一番大心思。

　　而最富传奇色彩的，还是敖东东昆薛氏祖居与祖坟的选址故事。相传薛氏始祖因收留帮助过一位闽南籍堪舆先生，得其报恩相卜吉地，一为祖居，一为祖坟。东昆地形据说有"五龙缠绕"之势，村中石景丰富，有鲤鱼石、獭石、龟石等，呈前后相逐状，村民口口相传为"獭逐鲤鱼走，金龟闸水口"。其中鲤鱼石最得神采，俊俏玲珑，横卧于溪流之间，形似游走，趣味盎然。祖居选址在其后坡地，门前踏步石阶内嵌一天然石块，称"金鸡踏斗"，于此下基起厝，便有"进前三宰相，退后万人丁"的说法。此为祖居，祖坟在鼎山，山岐澳的山岐宫山后。卜葬之地称"天生圹"，民国《平潭县志》有记："左、右两石，壁立如'八'字形，中皆软土，可容一棺。"墓圹前方不远处有一群叠石相错，中间昂然峭立，整体看犹如一只巨禽伏身翘首，四周散布着众多圆形石。这便是堪舆家所称的"天鹅孵蛋"胜景，"东昆村薛姓始祖卜葬此地，果发族"。另据东昆薛姓族人统计，自明嘉靖年间薛氏始祖卜居东昆以来，迄今 450 余年，传 18 世，发万余人。真有些应了"退后万人丁"的一语之谶，传为佳话。

　　时下社会，谈论堪舆难免招人猜嫌，不宜多说。依我在家乡的寻石经历，许多"称奇观者"的石景之所以能够留存至今，有时还得拜传统堪舆学的因缘所赐。因为，堪舆学讲究"背有靠前有照"，靠着多是此类山石。如东昆村中的大王宫，背靠磐石，一株小榕树相附壁间，左侧有民国时人的"松石万年"题刻。任厝村南的五显宫之后也有"榕石"一景，"石高数仞，屹然壁立，半壁缝中有榕树一株，高仅盈尺，盘根悬崖，古色苍翠，数百年物也"。小榕至今犹在，苍翠可爱。还有，澳前斗垣村北的石莲寺，倚靠的是莲花石，巍然屹立，上大下小，岩面如花瓣相护，远望如莲。寺前溪水相绕，眺望前山之巅，又有桃石在焉。上锐下圆，形似蟠桃，独独坐在一列平坦的石群上，犹有盘托仙桃的意味。此外，还有敖东苍霞垄霞海寺的钟鼓石，澳前沙塔仙峰寺的纱帽岩，等等，此类例子很多。

图13　斗垣山桃石

平潭旧时村落，多有寺庙，系乡人祝祷祈愿之所。在民生多艰的时代，堪称是渔民农夫的"精神堡垒"，连同其靠望的石头，往往被视为神圣之物，不可侵犯亵渎，更谈不上肆意毁坏。而事实上，在时间的长河里，许多这样的石景都伴随着一代代村民的爱恨荣辱，哭之笑之，生之长之，不啻长者亲友般默默地相伴相守，不离不弃，成为个体生命中不可或缺的纪念，时时在许多人的梦乡里温暖浮涌，一生难忘。再如，澳前紫兰村元帅宫后的露台石，"高丈余，方广平坦，可坐数十人"。以前每当村中有大事，主事者便站在石上登高一呼，全村皆晓，倏尔即至。而每逢炎夏昏夜，村中老小多聚在石上纳凉，谈农事渔情，天南地北，吹吹海风，数数星星，成就了不知多少辈多少人的人生印记，往事幕幕，其情其形，足以回味一生呀。

常言道，有些缘分是一辈子的。我们平潭人与石头的缘分，真可谓是"受之于天、受之于土",我们都曾是石头城里的孩子。哪个人不曾住过石头厝,不曾走过石板路,不曾在石井边上汲水冲澡浣衣?石头对我们有着与生俱来的特殊含义。如今,我们身逢一个风起云涌的变迁时代,许多石头城正渐渐走入历史,消散在记忆的风尘中渐行渐远。而那些海坛大地的丰美山石,可能将是我们日后乡愁的皈依所在。故而,我们没有理由不珍惜之、善待之、守望之。我也相信,平潭境内"称奇观者"石景何止数以千百计,它们犹如散布在大地上的断章小令,有一天真正把它们安顿好了,势必谱成一曲海坛岛上婉转流传的精彩长歌,尽显本色,尽得风流。

乙未仲夏

石牌洋别记

石是双帆石，洋是石牌洋，景称"半洋石帆"，旧时平潭十景之一。这也是平潭人的基本常识。民国版《平潭县志》卷八《名胜志》记载："半洋石帆，在斗门区玉屿西北海中。二石并峙，一高百仞，一数十仞，周围可十余丈。明陈策《入粤记略》所谓'海中孤岛，上有二石，宛如碑碣，卓立中流，天下奇观'者也。"

但凡书写推介"半洋石帆"的文稿，这段文字每被引用。本人也是，十多年前写的《平潭脊梁双帆石》小文，开篇便引了这段。多年后，翻阅连江郭庭平先生点校的《一斋诗文集》，始知民国《平潭县志》刊刻舛误——陈策者，应是"陈第"也。《县志》所引原文收在陈第生前结集的《两粤游草》，题为《入粤记》。此乃前车之鉴，为免一误再误，特将原文节录如下。

"万历丁酉冬……未几，余访沈士弘将军于镇东。明年戊戌春仲，遂同泛海观石牌洋。石牌洋者，海中孤岛，上有一石，高百余仞，阔十仞余，宛如碑碣，卓然中流，天下奇观也……"两相对照，《县志》将"一石"改为"二石"，亦见民国《县志》有修订之功。而其忽略的时间、地点、人物，如今倒不妨展开说说，别为一记。

陈第，字季立，号一斋，连江人，是个亦文亦武的一代奇男子。他19岁中秀才，名列第一。22岁拜会戚继光，上平倭策。33岁追随俞大猷学兵法，随后投身军旅，驻军塞上。练兵御敌，备边献策，屡有建树。后经戚继光举荐，40岁擢任游击将军。43岁解甲南归，自此无意仕途。57岁前多居家读书，潜心为学，先后完成《松轩讲义》《谬言》《意言》等书。57 岁后决意出游，次岁仲春的石牌洋一行，开启了他余生 20 年遍及两广闽海、五岳名山的壮游序幕。62 岁随沈有容过台湾，所撰《东番记》一文，"实明季亲临本岛、目击本岛情形者所遗之最早文献"（方豪语），"是有关台湾的第一篇游记"（陈正祥语）。年近古稀之际，"拜手而别，一出六年，竟毕五岳而返"。归来刻成《五岳游草》不久，又整装欲往峨眉山，走到南平病倒，不得已半途折返。次年病逝家中，享寿 77 岁。陈第一生著作甚丰，传世有 20 余种。对于后世，作为诗人、旅行家，陈第少人提及，而作为音韵学家却广受推崇。其所著《毛诗古音考》是中国古音韵学的奠基之作，《四库全书总目提要》称之"开除先路，则此书实为首功"，"欲求古韵之津梁，舍是无由也"，影响深远。

陈第游石牌洋，时间是明万历二十六年（1598）农历二月，即戊戌仲春。与他一起同舟泛海的沈士弘将军，便是晚明继戚继光、俞大猷之后的一代名将沈有容，安徽宣城（宛陵）人，时任海坛把总。上年丁酉（1597）冬，陈第访沈有容于镇东（即镇东卫，驻地今福清海口），其时沈刚刚入闽不久。年纪上，陈第大沈有容 15 岁，早年同在蓟门戍边，都是蓟辽总督梁梦龙看中的人。万历八年（庚辰，1580），沈有容以应天府武试第四名参加京都会试不第，被梁梦龙录用，后补昌平右骑营千总。这年年底，陈第擢任蓟镇三屯车兵前营游击将军，以署参将驻扎汉庄，用副总兵体统行事。万历十年（1582），陈第上书梁梦龙论战守之策，梁总督评价陈第"识达古今，忠廉尤为可敬；才兼文武，恬静独遭时流"。陈第之才识周遭，梁公可以说一语道破。翌年，戚继光调往广东，陈第去官。山海关一带多事，沈有容调往蓟镇东路南兵后部千总，防守燕台二路。综观陈、沈生平，大概便是早年的这段同袍之谊，开启了往后二人过从甚密的缘分与际遇。

石牌洋一行，也是他们闽海交游的起点。三年后，陈第自粤东返闽，将《蓟门塞曲》《两粤游草》合刻成书，沈有容为之作序，序中说："今读《塞曲》戚戚然，若陟降于滦河孤竹之墟；读《粤草》栩栩然，若神游于五羊八桂之境也。"相知之情，颇有高山流水之慨。越年腊月，沈有容入台剿倭，陈第相从过海。船过澎湖，"飓风大作，播荡一夜一日，勺水不得入口，舟几危者数矣。余乃作歌以自宽"。"飓息舟定，沈士弘具酌请复歌，余乃发其渡海之意……"后写下了《泛海歌二首》。归来又作《东番记》《舟师客问》二篇，均收在沈有容所辑的《闽海赠言》，此行成就了二人交游闽海、傲啸风涛、亦师亦友亦幕的又一段佳话。

沈有容《闽海赠言》书中收录陈第的诗文六篇，其中有《送沈士弘将军使日本》七律一首。这首诗的写作时间，正是二人同游石牌洋的那年，背景则是沈有容首次入闽并结缘海坛的情由。明万历年间，日本关白（按，日本古官职，相当于摄政宰相，即辅佐天皇总理国政的最高行政长官）丰臣秀吉悍然发动两次朝鲜战争，其目的是"假道贵国（朝鲜），超越山海，直入于明，使其四百州尽化我俗"，明廷被迫派兵遣将援朝作战。第一次在万历二十年（1592），史称"壬辰倭祸"，第二次在万历二十五年（1597），史称"丁酉倭乱"，前后历时 7 年之久，最终以日本战败告终。沈有容入闽，时在第二次朝鲜战争，当时丰臣秀吉拟南北夹击大明，明廷不敢怠慢，下令闽浙沿海集结水师，严阵以待。时任福建巡抚的金学曾上疏建议，与其守株待兔，不如组建劲旅侧翼直取日本本土，迫使日本从朝鲜撤军。此议得到朝廷允准，金学曾马上着手搜罗良将，沈有容便是其中一员，遂延聘入闽，补授海坛把总，防海一汛。

当时，中国人对日本本土情形知之甚少，金学曾计划先差遣沈有容赴日，伺察敌情。"扮商以往，授容千金"，沈有容将公款悉数交付助手刘思管理，自己分毫未曾染指。随后金学曾侦知丰臣秀吉已死，奏报朝廷日本将有内乱，明军宜在朝鲜战场加大攻势。因此，沈有容虽赴日未果，却深得金学曾倚重，调任浯屿把总。陈第随之渡海入台那年，沈有容正在浯屿游总任上。万历三十年（1602）入东番（台湾），是沈有容"有大功于闽者三"中的第一件，在其自撰的《仗剑录》也有详尽记述："有贼舟七只横行闽粤两浙间"，九月初二自浙海南下，"贼由浙回万安（今属福清东翰镇）所，攻城焚船，掠草屿（今属平潭南海乡）耕种之民"，闻知沈有容整船布防崇武一带，由乌丘岛（今属莆田海域）出澎湖窜逃台湾。十二月十一日，沈有容率舟师二十四艘渡海。"至彭（澎）湖沟遇飓风，回复西屿头，过午尚未见山，自以为必葬鱼腹矣。丁屿门极险，舟不得并行，倘少失手，人船皆溺，因天晚不得已冒险收入。"候风三日，仅收回兵船十四艘，其余全部飘散，仍下令入台追剿。"次日遇贼艘于洋中，追及火攻，斩级十五，而投水焚溺无算，救回漳泉渔民被掳三百余人。"此役在陈第《东番记》的补笔是："倭破，收泊大员（今台湾），夷目大弥勒辈（指台原住民首领）率数十人叩谒，献鹿馈酒，喜为除害也。"

另外两件大功。其一是万历三十二年（1604）七月，沈有容还在浯屿任上。荷兰东印度公司韦麻郎、栗葛等率兵千名进据澎湖，强求互市。沈有容奉命渡海，以通事林玉为内应，驾渔艇直抵麻郎船，"容直（面对）从容镇定，坐谭之间，夷进酒食，言及互市，委曲开譬利害，而林玉从旁助之，夷始慑，俯首求去"。此行不费一兵一卒谕退外军。其二是万历四十五年（1617），日本幕府将军德川家康派遣村山等安侵占台湾，窜至福建沿海杀掠。闽海闻警，应董应举力荐与福建提督兼巡抚黄承玄所请，沈有容再度入闽，出任定海所水标参将。该年五月十五日，沈有容率师于东沙（今连江西犬岛）擒获生倭69名，一举荡平入寇。今存马祖东莒的大埔石刻"沈有容获生倭纪碑"系董应举所题，而董应举的《崇相集》中提及海坛又云："海坛游，原驻海坛观音门（今观音澳），有船二十余只，沈有容尝击倭于东碇（即东沙）也。"叶向高撰《新建定海参将公署碑》记："其设参将公署，自宛陵沈君始……所部则开府新设之标兵与小埕、五虎、海坛三寨游。"据此可以推知，此役，海坛游也是沈有容挥师擒倭的麾下主力之一。

沈有容一生戎马，纵横塞上海疆40余年。其间三进福建，先后镇守闽海十数载，战功累累，声名赫赫。其为人慷慨仗义，落拓不羁，深得晚明闽中士大夫敬仰与称颂。陈省为沈有容撰《海坛去思碑》称："将军之视海坛也，秋毫无犯，甘苦与共，赏信而罚必……严而非苛，恩而非姑息也，则惟将军可思哉，将军盖有儒风云。"叶向高为沈有容父亲撰《肖林沈公七十一寿序》则称："将军自邑之海坛移镇铜山，海坛吏士每为余言，将军血战逐夷及驭士严整所部，无不用命。曰：嗟乎，此真将军也。"可以说，四百多年前的海坛岛，是沈有容闽海军旅的起点与建功立业的地方。而一代名将的海坛足迹，也为这片土地的乡邦历史留下了浓墨重彩的一笔。

癸卯仲春

大练行

　　来大练一趟，真不容易。许多年前，初见月举"通天门"照片，艳羡莫名，受此蛊惑，大练之行便成了一桩消停不了的心愿。一年夏天，约三两朋友结伴登岛，租两辆摩托车在岛上瞎转了大半天，一无所获。此次成行，多亏了理星兄，联络了乡政府的小施帮忙，约好向导，看好天气，算好潮水，终于如愿。

　　天气晴朗，清风泛浪。我们九点多到达大练岛，潮水时辰未至，小施先行带我们去月举村，到月举澳沙滩走走。在平潭周边离岛乡镇里，屿头、大练都算大岛，都有十几平方公里的岛屿面积，但跟屿头丘陵少、平原多的地域特点不同，大练岛放眼皆山。在平潭境内，除君山诸峰海拔在三百公尺之上，接下来就是大练岛山脉，围营山、大帽山都有二百三十多公尺，其余的牛智山、洋垄顶、垄尾山、月举山也多在百公尺以上。岛上村庄多半依山沿山坳而建，有歌谣云"大练十八坑（村）"，形象地道出了岛上村落的分布特点，也道出了过往大练山高路远的交通不便。现在岛上修有简易的水泥公路，月举村在大练岛东北方，三轮车在山间七拐八弯，从码头过去有十几分钟的车程。

　　路到村口，村在山下。月举村背山面海，石头房顺着山势高低错落，成排成片，多是老旧荒废的模样。村中人烟稀少，我们顺着深长的石梯下去，遇见一位留守的老伯。问明我们的来意后，老伯自称石匠出身，对月举山地貌相当熟悉，他建议我们到后山看看。三轮车师傅就是本岛人，一听就明白，他与小施熟，便热心地给我们带路。我们穿过村后山坡的一片树林就看到了海，风平浪静，海面像一匹"回不了头"的青蓝绸缎，由一丛丛散布的礁屿牵出了浩渺海天。远方薄雾轻笼，如烟如纱，大练岛的苍翠山色似乎融化了半边，而远在天际的山峦只剩下隐隐若浮的剪影。

不难看出，月举山北侧礁岸当初相当俊俏。时值退潮，近岸裸露水中的礁石形态脱俗，陈列有致，潮位线划出黑黄二色，界线清晰，放在波澜不惊的蓝色水面，十分养眼。而岸边与山坡情形迥异，因为这里的花岗岩坚硬洁白，历来是村民盖房修坟建堤坝的采石地，留下的现场岩体破碎，一片狼藉。幸存的有倚岸望海的人形石，它使我想起官姜石岭的望夫石，与后者的瘦削嶙峋不同，这石臃胖端庄，颇有唐朝贵妇的富态。还有一块侧立斜坡的巨石，正面看像里侧被掏空的巨型扇贝，侧面看形如一只鹰隼，刚刚落地，敛翅未完，生动形象。边上石丛顶部依稀还栖着一只海燕，体态轻盈，首尾俱俏。可想而知，当初更多的造型石已随着采石的切割锤打声灰飞烟灭。有道是，凡事皆有两面性。在平潭，有多少的石头房，就意味着有多少的石料从山中采取。过往历史的民生艰难、劳力艰辛导致的就近取材、景致破坏等诸种情势，留得今日的地貌巨变、妙石荡然、老屋残存的无奈现状，其间遭遇也教人五味杂陈。

从山上一路往东，前方迎面而来是一座面目狰狞的断崖，乍看之下倍感突兀。黑黝黝地横亘壁立，斜插入海，似乎这里刚刚经历了一场剧震，四周坍塌殆尽，山体千疮百孔，危危独持。残缺的山峰棱角分明，如剑如戟，如斧如钩，大有"刺破青天锷未残"的峥嵘气象。山脚岸边乱石成滩，想来便是从断崖上倾泻下来的，褶皱嶙峋，蜂窝麻面，如同虫吃鼠咬。而可爱的是石表色泽多变，暗红、土黄、灰白各色相间相融，大者横七竖八，小者零碎散落，成堆成片，把半边海岸拥簇成一条斑斓的彩带。按三轮车师傅的说法，这儿曾有大练有名的"假山石"，即说，这儿的石材特别适合制作假山。据说原有"十二生肖石"精品，数年前皆被开采了运出岛外。不过，由于地处偏僻，运输不便，整体破坏不大，还算庆幸。

　　如果不是三轮车师傅带路，我们万不敢想陡峭的断崖还可以轻易登临。上了山顶才知道山外有山，月举山的东北角竟然是这样的地貌——险峻的断崖飞纵，深沟长堑，峭壁林立，巉岩肆虐。不同的是，后山的断崖自上而下都铺呈着绚烂的色彩，有的像从海面堆砌而起的乳白雪墙，似乎随时要轰然坍下，有的则如流淌垂挂的红色蜡滴，凝固在悬崖之间，摇摇欲坠。有的又像是漫山漫坡盛开的七彩石花，争奇斗艳，在阳光下亮丽夺目。我想，如果只是清一色的断崖巉岩，那大概跟王爷山的后山相似，危乎高哉，壮观惊险。而此地出人意料的是，悬崖处如花绽开，险峻处

图 14　月举海岸地貌

愈见精彩，战栗处欣喜，惨烈处柔情，如此交错，令人哑然！

大练岛这样的地貌很是奇特，平潭境内可能别无他处。大练岛给我的印象一直是沃土茂林，月举山亦然，山色苍翠，绿色盎然。而一脉相连的山体竟在转身处别开生面，那边是林木茂盛，这边却野草稀稀，满山裸岩。如果说山也有手脚，那么说这是月举山烤焦的一只腿了？山头的象形石有如猪头和鳄鱼诸型，那形状活脱脱就是烤熟的猪头和炸焦的鳄鱼。可惜，我对地质岩层所知甚少，无从进一步探究成因。只记得《大练十八坑（村）》歌谣里有一句"月举山尾石磨山，溪河流下流不干"，这里的溪河倒没见着，不知是不是所说的"石磨山"？总之，这山、这断崖、这假山石对我们都是一个个惹人心跳的自然之谜。

中午，我们回大练乡政府食堂用餐后，小施预约的向导来了，他算了下大致潮位，一行五人再向月举出发。其实，"通天门"确切的位置在月举岭下，月举行政村下辖红山、月举、加兰、岭下四个自然村，车到月举拐个大弯向西过加兰，加兰到岭下尚有一段土路。岭下村废弃已久，残垣断壁，田园荒芜，破败不堪。现在村口装上了大铁门，整个村落连同所在山头都围上篱笆，作为一个放养牛羊的天然牧场了。依地图所示，这里是大练岛的北岸山地，山应该是垄尾山，土话称"龙连尾"。山外即海，山崖即岸，远处的海面礁屿点点，高处的山岭云雾缭绕。太阳在雾蒙蒙的中天透出单薄的身影，形同一轮散光的铂片。春天的海岛气象多变，没有阳光，没有风，这样的天气最宜郊游。

向导领着我们穿过村子，向西侧的山中行进。此时潮水离岸，山下的海滩卸去一身湿淋淋的重负，袒露出密布的碎石，如同下过一阵石雨。这种石滩在平潭也属罕见，罕见的倒不是滩上成片的碎石，而是整个滩面就像一块平坦的整石，像一张巨毯向大海铺去，围在三面半圆形的崖岸之下，恢宏大气。而视野内北边一侧的崖岸半段，一眼望去非同凡响，垂悬的壁岸裸岩干净如洗，犹同出水张挂的一匹纱绸，简洁的纹络清爽流畅，起伏的微皱似乎随轻风浮动，如梦如幻，让人联想到丰腴饱满的肌肤，一丁点看不到石质的硬冷与干涩。悦目如此，让人不由生出怜爱亲近的心来，恋恋不舍，百看不厌。

前行不远，一道狭长的峡谷赫然豁开，自山头直跌到底，悬崖深渊，岌岌可危，不敢靠近。"通天门"靠在峡谷的外侧，下坡便是。这是一截跌断的山崖，残留下来的庞大崖体斜靠山头，顶部相连，两头悬空，中间贯通，形成一个天然的洞口。当地人称之为"门碣弄"，喻洞口如门，横贯如巷弄，颇为形象。而当初摄影者用镜头揭开它神秘的面纱并取名为"通天门"，想来不外乎震撼于它的雄伟壮观的气势，如今我们身临其境，仰视这扇高峻的洞门，感同身受。北面的洞门残崖侧立，如峰如柱，岩面光洁玲珑，堪比"巨笋出水"。洞顶巨石高悬，洞中冷气袭人，冰冰凉凉，沁人心脾。穿过洞口，粗犷的崖岸便如巨幅水

图 15 月举通天门

墨国画般铺展而开。

　　一直以为，平潭宏伟壮观的海蚀崖岸莫过于流水"仙人井"一带，而今驻足于此，方知见识粗鄙，应当抱愧。大练山的崖岸丝毫不亚于前者，一样是大开大合的断崖深谷，一样是巉岩丛生的石滩礁岸。不同的是，前者只能居高临下俯瞰，或者乘舟远望，而这里却可以沿岸盘旋，驻足观赏，给我们更多仰望的空间——山体若削，绝壁高耸，冷冷峻峻逶迤而去，时直时曲，时深时浅，千回百转。垂壁裂痕上下纵横，前后交叉，粗看如刀劈剑削，伤痕累累，细看又横竖有序，精雕细琢。有如高塔相叠，递次而起；有如书脊相靠，依次相排；有如游龙行蛇；有如乳钟花开；有如肆意的壁画；有如抽象的浮雕，满目琳琅，不一而足。露出水面的礁岸似乎也要迎合崖壁的格调，高低崎岖，如峰如峦，如鸟如兽，刀丛剑阵，一路而去，衔接到前头开阔的大石滩上。

　　显然，这是一段蛮横的崖岸，处处透出一股股逼人的狠劲。此时潮水正不断退低，浪花轻吟，海面恬静，高崖间弥漫着透明的静穆。但是，在我脑海中不断浮现出来的场景，还是那汹涌的潮头、呼啸的涛声、一次次在断崖前甩起的漫天风浪，令人恍惚——莫非当初，每一朵浪花都想自此一跃上岸，化作不愿回头的最后的一句绝响？那崖上起伏的波纹和岸边斜插的丛礁，不正如冻住的风声与凝固的浪花？纵横交错的岩裂石刻，犹如离别的崖岸，千万难，千万言，莫非是大海一次次澎湃的回声？如果可以呀，我愿意枯坐于此，将你读懂！

　　当我们转了一圈来到大石滩上，转折急促的崖岸也倏然放缓，悬崖还是悬崖，但围合成一堵宽大的高墙，仿佛从空中划过一道弧线，随山势趋南放低。除了那段叫人爱怜的"出水纱绸"，高高的峭壁上竟也成片成片地长满了花草蔓藤，衬在裸岩上绿意葱葱。低处的石岸岩面清俊，幽洞拱然，一条条细水从山上流下，穿过岩缝，潺潺而响。石滩开阔，向远处的海边展开，一眼望去，不着边际。

想来造化的用心最是高妙，一条崖岸，紧张逼迫，和缓舒坦，皆在山转水绕的举步之间。心情亦然，激昂而来，平和而去，也应了移步换景，潮涨潮落之情景。其实，人生许多时候，何尝不是如此？

甲午暮春

闲话平潭别称

我有个过从多年的朋友，是个地道讲究的茶人。有回一起喝茶，他说想做几款在地情味的茶，让我推荐名字。我是茶道外行，只能凭直觉随手撷取了几个敷衍。不料，没多久他便把一盒成品送来——罂山晓岚，意外，教人惊喜莫名。

其实，明眼人都知道，这名字是前人的遗惠。清末名士施天章补辑海坛名胜二十六景，"罂山晓岚"是其一。说得很清楚，罂山是君山最初的名字，因为海中远望，形同浮罂。"罂"是古代盛水的一种陶器，大腹小口。海坛的"坛"也有这个意思，除了有"土筑高台"之意，也是"一种口小腹大的陶器"。古人横看竖看，都是一个意思。以形写形，大概是地理山川命名的惯用手法吧。

当然，"罂山晓岚"可跻身名胜之列，重要的不是山，而是岚。"（君山）以其常有岚气往来，又名东岚山。"相较而言，前者命名若是"以形写形"，后者则是"以色写貌"了，二者之间，似乎也有种形神相兼的映照。追溯起来，后世平潭别名"东岚"，简称"岚"，都是从这个君山别名申发而来的。毕竟，君山是平潭的地理祖山，说来并不奇怪。

"平潭古称海坛，俗称海山，别名东岚，简称岚。"这是2000年版《平潭县志》里的权威概述，也是平潭人的基本常识。值得一提的是，原以为"海坛"地名最早见诸南宋梁克家的《三山志》一书，后来宝华表弟纠正了我的浅陋，他告诉我，成书唐宪宗元和八年（813）的《元和郡县图志》便有所记。那么，还有没有更早的呢？我不敢确定。心想唐初五百五十卷的《括地志》如果流传下来，倒是可以查证的，无奈手头仅有其《序略》五卷，只好暂且存疑。

多年前，曾听人拿"天坛、地坛、海坛"并举说事。依我看，此说纯属无稽之谈，不值一提。不过，浙江温州市内倒是有座海坛山，现已辟为公园，山上有唐代海神庙遗址。据说，庙前原有祭祀海神的祭坛，因此得名。可见，地理同名，别有所出，别有所指，实不可张冠李戴，混为一谈。类似的情况，还有出现在明清一些地方文献中的"海山"一词，也并非皆指平潭。如明末清初的同安人阮旻锡著有《海上见闻录》二卷，序文记"迨海山破后，弃家行遁，奔走四方，留滞燕云二十余载"诸语，文中的"海山"指的是鹭岛（厦门），亦非海坛。"海山"之本意，海岛也。又如明弘治《温州府志》卷三《叙山·平阳县》记"新罗山，在县治南二里，旧为海山……"

说了这么多，绕了一大圈，我们该回过头接着说"罂山"。自清雍正八年（1730）福清县丞移设平潭以后，"平潭"便开始作为全境统称。清末民初时期，平潭往往还简称为"潭"，如《平潭厅乡土志略》书中宋廷模的《小序》载："模莅潭两载，留意地方情形。"詹成斌的《后跋》载："宋司马遵学部文，创辑吾潭乡土志成，不可无言纪盛。"还有后楼陈氏族谱对陈奋三的赞语，有"望重乡邻，名扬潭岛"等语。然而，作为地方别称，"罂山"一词，其实在平潭民间也不少见。

最早的例子，见诸文稿散佚的施万春所著《罂山草堂诗文》。以地望冠名诗文集在古代常见，远的如韩愈的《昌黎先生集》、王安石的《临川集》，韩愈自称"郡望昌黎"，王安石是江西抚州临川人；近的如清道光年《福建通志》总纂陈寿祺所著《左海文集》《左海诗集》，陈氏是侯官（今属福州）人，世称林则徐为"左海伟人"，左海即福州的一个别称。施万春是我们流水下厝场人氏，清乾隆七年（1742）进士。他的故居遗址现为施氏祠堂，坟冢在王爷山上，保存尚好。他留下来的文字笔墨，我见过他的一篇谱序，以及收在族谱中的一首五言古诗。

　　比施万春晚生一个世纪的林钟华是平原朴秀下人，遗冢在朴秀村西山上，墓前闸水条石镌有"笔振罾山"四个大字。此人是清道光年间秀才，生前著有《诗经》《尚书》类典两部各四卷，一代文宗，深受邑中学人敬重。施天章曾为他写过赞语，称其为"儒者"。依其生平，学问渊博，笔振罾山，也并非子孙溢美之词。

图 16　林钟华墓

这里的"罂山",自然是指代平潭全域而言。

再看修于民国十三年（1924）的东屿《韩氏族谱》，谱序有记："此谱牒所宜重修也。吾族韩氏始于孟昭公，居于海口龙江。至第十世祖兴长公，迁罂山韩厝寮村，后转徙于东屿岛……"此中所述，一来可知中楼韩厝寮村村名的由来线索，二来亦可知"罂山"一词也是指代平潭全域。总而言之，平潭别称"罂山"，相沿数个世纪，其来有自，绝非偶然。

问题来了，清季以后，平潭民间文人圈为何对这个颇显冷门的别称情有独钟呢？私下揣度，大概与古人诗文创作崇尚推陈出新的传统有关。六朝鲍照为后世李白杜甫所推崇，重要的一点就是"去陈言之法尤严"。现在，我们教小孩子习作，内行的人会要求不用成语，只用自己的话写，也是这个用意。语言使用有个规律，凡是被"过度消费"的词，往往"死"得快。用到最后，原本的词义似乎在无形中逐渐消解，显出滑腻空虚的馊味。诗歌为何是文学之冠冕呢？自语言讲，诗为汉语表达别开生面，有开疆辟土之功，自是其"诗之为诗"的语言使命，古今皆然。

再者，一个词历经不同时代的运用与演绎，常常会被不断赋予新的含义。就像古诗词中常见的用典一途，诗意的空间往往被词语背后的典实拓展出更宽更深的尺度与意涵，而不仅限于字面浅显之义。叶嘉莹先生就说过类似的话："中国古典诗歌中是有语码的，有一些词自然就带有在之前写作传统中积淀的意义与情感。"反观"罂山"一词，这只漂浮过时间之海的陶器，数百年间，也曾装进过施万春的草堂诗文、林钟华的道德学问、施天章的胜景才情，而今我们一提起来，恍若自带有一股古雅之气，犹如缥缈烟岚，倏然迎面而生。

"今春夏之交，晓望山半，氤氲杳霭，自是山中一妙境。"

这是施天章留下的一段话。我想，施文的"今"仍可视之为今日的"今"，却又不只是当初的"今"。年来寓居猫头垱山中，依我所见，非但于春夏之交，只要是细雨霏霏天气，风歇树静，举目便是浮岚空翠。这番光景，今日又是，壬寅年农历十月初十日。止止茶室，陈茶重启，山泉新开，我手中的这道茶，仍是自己喜欢的罂山晓岚……

山中留客半床云

进山有几天了。不知何时起，我们都习惯将去猫头墕称为"进山"。理由无非是开车要走一段九拐十八弯的山路，来到这个三面环海又三面环山的小村庄，村庄还在半山腰上的山坳里，不叫进山叫什么呢？

暮春孟夏之交，这时节来，很舒服。今年的天气有些异样，酷冷的倒春寒许多年不遇，体感一二度，冻得人瑟瑟发抖，得记上好多年。或许是寒意未尽消去，还牵着条小尾巴，悠悠晃晃；或许是往年熟门熟路的天气走岔了路，拐了一大弯，一时半会儿还赶不过来。往年这个时候，已该脱下长衫穿上短袖了。清明、谷雨一过，南风习习，一抬脚，夏天便到了。这下也好，不冷不热，忽阴忽晴，天不像样地热，雨不像样地下。山中昏晨，正是烟岚云岫杳霭流玉的光景。

白天，游客不多，三三两两地来，三三两两地走。一入夜，四周的山影便化进了雾色，淡淡地勾出几笔灰暗的苍穹。留守的几户村民早早就歇息了，关门闭户，熄灯上床。白日里跳来窜去的猫猫狗狗，也不知道躲哪儿去了。此时，只有民宿的夜灯正一溜溜亮起来，疏疏朗朗地散落村中。灯光昏黄，照出氤氲流动的薄雾，朦朦胧胧。四下阒寂，草虫嘤嘤，时起时息。我从养云图书室随手抓了本《坛经》，坐在小院那棵翠如翻墨的榕树下，似懂非懂地翻看。时间，已然给晾在了一旁，自个儿泅入了夜色底处……

过了多久呢？记不清了，或许快下半夜吧？倏然间，江风轻曳，浓雾自山脚弥漫而上，手上的书页也有点潮有点软了。一时间，织织声起，一匹接着一匹，纺织娘在草丛里集体开工，仿佛是集体得到了某种消息或某个指令，要连夜赶出一批新衣。蛙声随之而来，此起彼伏，一阵热闹。远处的潮声，也从江面上缓缓送了过来。灯下，流雾轻纱曼舞，如飞花迷乱，树叶簌簌零落，凉意飕飕。该是涨潮时分了吧？山中的夜，这会儿大概正翻了个身儿，又睡熟了。

凌晨五点半，在鸟声中醒来。昨夜忘了关窗，厚实的窗帘蒙住了天色，蒙不住早起的禽鸣。一枝枝，一匝匝，房前屋后，飘忽不定。最易听辨的还是百灵的歌声，清脆婉转，一味地惹人欣怡。布谷鸟"布谷布谷"，斑鸠鸟"咕咕咕咕"，时断时续地凑上几嗓子，多少显出鸟性的矜持腼腆来。还有呢？树莺、树鹨、树麻雀，或许还有既会卖弄嗓子又显出几分矜持的伯劳？还有"噍噍"不休、体态娇小、身段灵活的鹪鹩？再有呢？再有就得请教懂鸟的行家了，所知有限，听不过来了。

况且，今日又是大雾，出门满目烟云。听得见鸟声，见不着鸟影。两股乳白的流雾从北山两侧分头涌来，西头一股越过山峦进入村庄，四处漫开，掩去南边的弥勒峰头，袒露在半山的青色裸岩若隐若现；东头一股径直南下，聚集在山峦围合的江面澳口，郁结不散，先前的碧水白滩变成了云里雾里的江山。上午，太阳出来照了个面，没多会儿便溜了。江面，云横雾锁。山中，岚气沾衣。此身所在，犹若天空之城。

闲来无事，踱到后山看看那棵流苏。那是一棵长在岩罅之间的小流苏，花期未尽，一簇簇娇柔的小白花还捧在枝头，躲在褐色的巨岩怀间，正与爬上岩顶的半壁风车茉莉相守相望，互吐芬芳。前些时，刚刚发现，颇觉怜惜。这么秀雅的花儿长在这个旮沓角儿，多少有点委屈。今日雾里相见，反觉得花叶精神，光彩柔润，愈见深致。空谷幽兰，说的也不过如此吧？

山中民宿，有处卧云小院，门前是那棵高大的百年榕树，枝冠参天，绿荫掩隐，极富山居情调。更难得的是，小院大门置有一对楹联，隶书大字，遒劲古拙——"松际窥人孤嶂月，山中留客半床云"。这副联，我极喜欢。

壬寅孟夏

雨天书

雨何时下起来？雾何时漫上来？都似这没来由的思绪，漂浮不定。

昨天下午进山的时候，风大，迷蒙的细雨在山间飞舞。透过车窗，山头云雾缭绕，氤氲浮动。起伏的峰峦分明被隔出了几个层次，自近而远，由墨绿苍色逐渐过渡到淡淡的浅灰，融入了轻纱缥缈的海天深处。

雨天的猫头墘，清爽恬静，像转身出落得大大方方的邻家姑娘，不施粉黛，愈见风华。你可能说不清到底喜欢她什么，就是有一份新鲜的亲切感，分明在一寸一寸地发亮。顺着山坡，一幢幢错落的石头房安安静静地站在雨幕里，檐头的雨帘子，石板上的积水，濡湿的墙面，四处溢出闪烁的水光。藏在石头肌理里的光泽似乎也被唤醒了，一半儿是沉下去，一半儿是浮起来。村子的面目，比往常黝黑了许多、娴静了许多，愈见其矜持安稳，也愈见其生动活泼。

撑一把伞，步入雨巷。檐角伞面的滴滴答答，深渠浅沟的潺潺湲湲，树梢草丛的窸窸窣窣……而脚下的足音跫跫，宛若一根根游动的丝线，将这些前后左右的雨声，既绵绵密密，又疏疏朗朗地，织进了自己倏然变得敏感的耳根。空气中飘浮着一丝丝清甜的味道，呼吸之间，出入轻盈。我记不得在巷子里逗留了多久，落雨和流水的和声，悄然将我们带进了黄昏。

有些时间，随手一掷，给一场或徐或急的雨，给一帘忽远忽近的水声，反而踏实而真切了许多。这种感觉，就像平日闲暇，你尽可将时间折叠在一本泛黄的藏书里。那些被书本耗费的光阴，似乎也纷纷躲入了扉页，静候着日后翻阅。

深冬的夜总是降得很快。黄昏的雨幕、山坡的树影不一会儿就淡入了山色，而山影过会儿也收进了夜色。时紧时缓的雨声在夜色下四处游荡，雨脚一阵儿扫过屋顶的瓦面，哗哗而响，一阵儿随风飘洒在玻璃窗上，噼啪几下。那穿过大榕树的雨坠子沙沙摩挲，打在芭蕉叶上的雨点儿哒哒滑落，自窗台下分流的积水，正在四下汩汩低吟。雨声，该长有一双纤细空灵的小脚吧？它步过的地方都留下一双慧黠的眼睛，窥探着人们的心事，在阒暗之处闪闪躲躲。

每一场雨，是不是都深藏着一缕孤傲的灵魂，随时等候着有颗敏感的心灵回眸流眄？不然，它何以总能轻易地唤醒诗人们纷纷扰扰的情思？前有杜子美的忧国忧民、李义山的乡思乡愁，后有苏东坡的吟啸徐行、柳三变的晓风残月，还有戴望舒的长长雨巷、余光中的听听冷雨，那些诗文，多少经由一场场雨声的吹打濡湿吧？如果再往夐远悠久的汉语来处稍加顾盼，一部穿越过两千多年的诗歌史，从"风雨凄凄""雨雪霏霏"伊始，高歌浩叹，低吟浅唱，几多因雨生发，几多又为雨流淌？而今，我们只要随手一翻，都能在诗词曲赋间抓起一把雨声，或淅淅沥沥，或点点滴滴，让许多暌违千百年的人心再度为之潮湿。

何必想那么远呢？雨飘在幽暗的夜空，落在这古老的土地上。猫头坞的雨夜，夜色沉寂。那只蹑手蹑脚地走过灶台的猫儿，时而伏卧窗台，时而蜷曲脚边。窗外，帘帘雨声随风摇曳；窗内，炉火生辉壁影斑驳。雨幕深处，雨声拓开的空间，深邃悠远，闭上眼睛，那是视角搭在听觉之间的自由飞翔。此刻，猫在猫头坞时光斑驳的石厝里，温一壶酒，拥一榻书，雨声翻阅过一段段遥迢的光阴，翻阅过蠹鱼蛀蚀的陈年心事，仿佛将我们从那个喧嚣浮华的世界隔离开来。既无关伟大渺小，也无关荣辱悲喜。猫头墘的雨夜，有一张宽广温暖的怀抱啊，烟云江山，寥廓无边。

这般的夜，最合酣睡。

丁酉腊月

辑二 灯火阑珊

蓦然回首，那人却在，灯火阑珊处。

——宋·辛弃疾《青玉案·元夕》

冰心玉壶

这个阴雨绵绵的上午，我路过北厝街。泊车路旁，撑一把伞，徒步拐到这儿，执意在细雨纷飞中站上一会儿。

这里是北厝镇庄上村地界，从公路东侧穿过半爿村庄，便是一片起伏开阔的田野。放眼百来米开外，一座规模不大的山包上，葱葱茏茏的相思树正挤满山头，风雨中墨绿翻舞。当地人把这儿叫作"六尾山"，又叫"应运山"——因为清代水师提督陈应运卜葬于这片山坡之中。

现在，要找到陈提督的坟茔并不容易。今年年初，凭着"墓在增福寺对面"之线索，我们先找到了增福寺，再劳驾增福寺一位林姓理事带到这儿。如果没有向导，谁都想象不到，田埂边一座掩藏在荒烟蔓草中的荒冢，埋葬着的竟是清咸丰年间的一品大员陈应运提督。

在高低不平的阡陌中间，这座坟茔大部分被严严实实地覆盖在土堆之下，杂草丛生，葛藤蔓爬。一丛丛粗硕的龙舌兰把坟头围了半圈，间杂几棵小树，叶子落尽，枝丫萧瑟。透过乱藤，依稀可见其下三口圹门悉数敞开，圹内漆黑，不知所遗。上一次来，坟前田畦的黄土刚刚翻垦过，正等着下花生种子。这一次来，早晚两季的番薯早已收起，留下一片空田。春节将近，空田等着来年的清明谷雨，来年的播种收成。而陈应运的遗冢，或许等着的又是来年草青草黄的荒芜。

陈应运提督的生平行状我们知之甚少，目前仅有民国《平潭县志》的简略记载可供转述。"陈应运，号生甫，平潭五福境人。

父得扬，官铜山营参将，应运随任入伍。"铜山即今天的漳州东山岛，清代水师铜山营驻地，隶属南澳镇管辖。也就是说，陈提督出身水师世家，年轻时随父亲在铜山营效力。其

图 17　陈应运墓

后，"道光间，累补父职，旋授南澳总兵，调署虎门水师提督（误，应为'广东水师提督，驻虎门'）。值英人有违言，海防吃紧，总帅驻虎门炮台。和议成，仍回南澳本任。同治元年七月，积劳卒于官"。这几句话简略含糊，因为从清道光朝到同治朝，即从道光十九年（1839）鸦片战争爆发至同治元年（1862），其间跨过咸丰朝的十一年，前后历时有二十三年之久。那么，陈应运何时调署广东水师提督？又何时"总帅驻虎门炮台"呢？这就让人颇费思量，我们只能按"英人有违言"与"和议成"的提示来推测，时间大概是咸丰六年（1856）至咸丰十年（1860）第二次鸦片战争期间，理由是此役肇因英人借由修改《南京条约》重启战端，应之"英人有违言"。但陈应运调署驻守虎门的时间很可能还是此役后期，因为前期的咸丰七年（1857）"广州城战役"清军大败，广州将军穆克登纳与巡抚柏贵献城纳降，连两广总督叶名琛都成了阶下囚，被押解香港后辗转死于印度。如果陈应运身在此役，依形势很难独善其身。而后期的战况是英法联军一路北上，于咸丰十年（1860）攻进北京城，最终酿成了"火烧圆明园"的文明

浩劫。可以说，陈应运只有在此时调署驻守虎门，方有"和议成，仍回南澳本任"之后话。

当然，在手头文献匮乏的情形下，我的揣度仅是一种可能，真实情况尚待日后史料发掘。如果这种可能成立，那陈应运回任南澳该是咸丰十年年底以后的事，而再过了大半年，他便卒于任上。值得注意的是，也就是这一年，中国发生了许多大事——所谓"和议"，无非是中英、中法、中俄间一系列丧权辱国的《天津条约》《北京条约》等，九龙半岛是这时候被割出去的，黑龙江以北与新疆西北"大过东北诸省加上浙江的土地"（黎东方语），也是这时候被俄罗斯帝国巧取豪夺去了。江南一带，曾国藩、李鸿章、左宗棠等人正集结清兵乡勇与太平军胶着鏖战。咸丰皇帝在英法联军进城之前躲到承德山庄"狩猎"，"议和"后次年（1861）七月猝然驾崩，年仅三十一岁。同年九月底，慈禧太后发动了"辛酉政变"，开始垂帘听政……这些对后世中国有着深远影响的重大事件，临终前的陈应运提督半是亲历者，半是见证者。试想，一个戎马一生的水师提督，面对内忧外患的颓废国势与艰难时局，他岂能置身事外，岂无感慨系之？

以当时形势论，敌强我弱，清军面对列强之坚船利炮，每每战端一起，一触即溃，概莫能外。陈应运驻守虎门如果有战可打，兵败殉国的结局可以想见。他的身前就不乏其人，如关天培、葛云飞、陈化成，还有他的同乡前辈江继芸总兵。他的身后也大有人在，其中就有同治七年（1868）台湾安平一役中"引刀一快"的他的亲家——江国珍副将，相较之下，陈应运是幸还是不幸呢？在中国的历史语境里，英雄多半为杀身成仁者，其实深究起来，往往在于技不如人，力不从心，唯余以死报国一途而已，这才是国家之大不幸。身为将士，国家有难，共御外侮，或慷慨赴死，或枕戈待旦，毫无苟且之心，便是军人本分，足可以仰俯无愧了。"千古艰难唯一死，伤心岂独息夫人？"我们只要简单地勾勒出时局背景，不难触及陈提督的临终境况，与其说他是"积劳卒于官"，毋宁说他是在时局艰危中忧愤而终。

甲午（2014）年底，我去了一趟台湾，在台南安平古城上见到一块石牌，勒有"军装局"三字，上款是"台协水师三营"，下款是"协镇杨钾南立"。边上的示意牌如此说明："清同治七年（1868）因英人私运樟脑被查扣，英舰炮轰安平，毁军装局，导致水师副将江国珍自杀。清同治十二年（1873）水师协镇杨钾南整建军装局并立牌……"江国珍，平潭人（一说五福境人，一说右营村人），时任台湾安平协副将。史上"安平一役"又称"樟脑战争"，肇因英人觊觎台湾樟脑资源，悍然挑起战端，袭击安平协署，此役江国珍等二十一名将士阵亡。我在日后读到的李鹏云前辈的一篇旧文中，记有"江国珍等人的陵墓在台南永康乡郑成功墓地纪念碑附近"诸语。可惜那时尚无所知，错过了前往探访祭拜的机会，是为憾事。如果这个记载确凿，说明江国珍副将身后客葬他乡，英魂未归，让人牵挂的倒是他在台南的故茔今日尚存安好吗？

陈应运与江国珍既是同乡又是亲家，两家结为秦晋之好，男方是陈提督长子陈庆荣，女方是江副将爱女江阿秀。陈庆荣，号子欣，因清制规定，"文官京官四品、外官三品以上，武官二品以上，俱准送一子入监读书"，他由二品荫生进入国子监，考满肄业后以知府候补。这个原本前程似锦的青年，因父亲故亡丁忧，从南澳一路扶柩回乡，一者长途跋涉、颠簸劳顿，再者悲伤过度、"哀毁骨立"，竟于当年八月一病而殁，留下江阿秀孤子无依，年方二十，无子无嗣。这是个命运多舛的女人，公公与丈夫同年相继过世，六年后父亲又战死台湾，父女俩生前天各一方，死后阴阳暌隔。身为名门闺秀，掌上之珠，其冰炭周遭，令人扼腕！她，亦不愧是将门之女，民国《平潭县志》卷三十二《列女传》用"矢志柏舟，之死靡他"来评价她。我们且不说旧时女性恪守贞节如何如何，今日站在这里，如果让时间倒回一百五十年前——每年的清明节，陈应运父子的坟头总有一个茕茕孑立的身影在那儿焚香祭拜，哀声戚戚。这一幕，整整持续了四十五个春秋，直到她六十五岁去世。我们不禁要问，一个女人需要靠什么样的执念与坚强才能挨过一万六千四百多个孤寂的日子呢？这种坚守，岂可以"贞节"二字轻易评断？即便是，我想也值得后人敬仰吧！

而后呢？江阿秀逝世后，谁来看顾祭扫这座提督墓呢？我们现在可以确定，平潭没有陈提督的后人。唯一的线索是，陈氏父子相继过世后，次子陈庆耀"挈眷赴南澳投效，拔补外委"，然后不知所终。今天的南澳岛是否留有陈庆耀的后人，维系着陈提督的一脉香火呢？我们不得而知。依旧时惯例，为守护提督总兵墓，家眷多会就近购置一二亩田地，租于贫民，以田租作为守墓之资，定期祭扫。再者，民国以前，此类坟茔均列为官方保护对象，盗窃破坏虽有发生，但不至于被肆意毁损。江继芸总兵墓以前便是这种情况，租田农户数代守墓，一直延续至新中国成立后田地归公。

陈应运墓的情形与之大致不差。现在周边村庄的老人忆起陈提督墓，依然可以描述出当初的规模形制——坟前三级墓埕，规模宏敞，纹山、石狮、闸水一应俱全，庄严气派。至于何时惨遭毒手，大致的说法是，在二十世纪五十年代末席卷全国的大炼钢运动中，提督墓被强行开圹，坟中数部棺椁被拖出后劈为柴火，陈提督父子及眷属遗骸被草草收入陶瓮。据说，当初陈提督的官服朝珠洒落一地，也被众人哄抢而去。而今，坟茔的现状更是糟糕，我们不但看不到石狮、闸水、纹山、圹门等既有的石制构件，就连坟头高耸的土堆里那块题刻主人名讳官职的墓碑，我们也不晓得还在不在那儿。

我的手头上有本1996年编写的《平潭县文物志》，里面载有陈应运墓的简介，有"建于清同治二年（1863）……占地140平方"等语，猜想当年普查时墓碑仍在，坟茔范围基本可以界定。另外，又记有"主圹内壁墨书改写王昌龄《芙蓉楼送辛渐》七绝诗一首，以表其一生清廉尽职的心迹"。遗憾的是，这首改写后的诗句没有录入书中。我想，那些诗句墨迹应该还在荒冢之中吧？

"洛阳亲友如相问，一片冰心在玉壶。"作为一个半世纪后的海坛亲友，我此刻站在坟前，见坟头那一丛丛粗硕的龙舌兰森然环簇，在细雨飞舞中宛若剑戟相守，沉吟此句，徒留满目苍凉。

乙未腊月

百年孤独话子山

甲午（2014）年末，理星兄注译的《平潭厅乡土志略》付梓。作为旁观者，在下深知其间周折，实属不易。我俩谈及曾计划赴云南晋宁采访未果事，以致原编纂者宋廷模生平行状无法在书中专章记述，每每引以为憾。近日翻阅《乡土志略》，不禁生出一番想法，若就手头既有资料对宋公生平二三事略作梳理，也算是付诸心愿，聊以自慰。

宋公廷模，号子山，云南晋宁州人，举人出身，生卒不详，但可以肯定的是，他人生的最后几年光阴几乎都在平潭任内。光绪甲辰，即光绪三十年（1904），领福建候补知府的宋廷模从兴化水利局调署平潭同知，至光绪三十三年（1907）浙江山阴金士俊接任，历时三年左右。三年间，宋同知在平潭励精图治，锐意进取，征剿海匪以保境安民，移城隍庙、修志存史、办高等学堂以尊儒重教、移风化俗，谋竹屿口围垦、开涵泄湖造田，设立织布局以体恤民瘼、造福民生，诸多创举想前人之未想，行前人之未行，勇敢担当，可圈可点，若干事对后世平潭有着深远之影响。

先说剿匪。民国《平潭县志》之《名宦传》对此有较为详细的描述："潭北海中有小岛名三礁，地甚险恶，巨舰不能往。再北为漳港，属长乐辖境。二地素称盗薮，频海各乡被害甚烈。廷模廉（查访）得其情，亲率兵役驾小舟直捣三礁匪穴，出入枪林弹雨中，擒获无算。岁暮，复雇大船数艘，会营径往长乐县署商度机宜。欲于元日（正月初一）掩其不备，知长乐县事者（长乐知县）以为未可，争议数日，风声遂泄。迨三面进剿，港匪远逸殆尽。然自是以来，海上居民得以安堵营生矣。"不难看出，跨境剿匪不论是费度出处还是斡旋协调都是棘手难题，而散厅同知（相当知县）多视之为畏途，避之唯恐不及也是情有可原，而能够刨根究底、矢志不渝，且亲力亲为、身先士卒清匪者，除宋廷模外历届平潭厅同知尚有几人？与其说海贼悍匪惧于两地官府联手，不如说宋公之勇气、决心与毅力让其闻风丧胆！一人之力，惠及三境沿海乡民，功莫大焉！

次说修志办学。宋廷模来岚次年，即光绪三十一年（1905），相继蒙受甲午（1894）战败与庚子（1900）之变的清政府立意教育改革，于当年九月颁布谕令罢停科举，推广新式学堂，"著即自丙午（1906）科举为始，所有乡会试一律停止，各省岁科考试亦即停止"。民国《平潭县志》之《名宦传》如此记述："时奉谕设立学堂，士绅颇有观望，廷模锐意行之，就兴文书院设两等学校（误，应为"高等小学堂"）。"废科举，兴新学，算是"千年未遇大变局"之一端，士绅踌躇观望之情形在所难免，其间阻力也不言而喻。而作为当时海隅边疆一主官，若无时局之忧、革新之志，便谈不上"锐意行之"。事实证明，宋廷模在办学上的努力卓有成效，用他自己的话说："士，有高等小学堂。遵改书院，定为官立。模也，承乏（调任）平潭，恭逢圣天子下诏兴学，海隅之区闻风向化，其平潭商民补助学费者络绎不绝。两载之间，除开办经费已逾千元，综其常年经费尤较诸昔年。书院旧有留存款目，计顿臻（增）三倍有余。模维创始之制每多棘手，而商民踊跃劝助，经费已属不资（不可计数），实为模初念所不到此者。爰据公牍，一一胪列于编，事半古人而功或倍焉。吁，可欣幸已！"他把这段话写入《乡土志略》之"实业志章第十一"，欣喜之情，溢于言表。

俗话说，有钱好办事，但重要的还得办好事。我想更值得一提的是，学堂"聘省师范完全科优等毕业生主讲席，风气为之一转"。此何人也？在《乡土志略》之"实业志章第十一"《学堂调查一览表（表格1）》中有详细记载，该教员为王腾芳，闽侯县学附生、全闽师范毕业生，任教学科有"英文、读方（诵读韵文）、理科、算术、修身、地理、缀方（写作）、书方（书法）、图画、唱歌"，俸给为"半年修金壹佰肆拾肆元"。而总理校务的堂长詹成斌俸给是半年廿元，其他董事兼教"读经"或"历史"者俸给为半年三十九元，前后相差甚巨，真可谓是延聘名师，不惜重金。而校员中有一个专科教员宋嘉誉，担任学科为"国语、体操"，其俸给栏仅写"报效"二字，相当于"免费义务"，这是为何？宋嘉誉的资格栏填"云南府晋宁州监生，北京东文学社学生"，若此人不是宋廷模子侄，也该是他的族内子弟。崇学重教、尊儒爱才、与人宽厚、克己奉公，于公于私，宋公胸襟可见一斑。

而说起纂修《平潭厅乡土志略》一事，又何尝不是如此呢？"谋之都人士，均以费绌为词。模初不以经费为难也，乃捐俸给纸笔墨费。""经费不敷，本厅力任，编辑不需公费，纸笔之款亦属捐俸为之，教习堂长、董事、司事分任校对之劳酬，送劳金以酬辛苦。"也就是说，自己不但不求报酬，还要承担编纂的所有资费。在自撰的序言中，他说道："模莅潭两载，留意地方情形。举凡山川风俗，道里远近，耳之所闻，目之所见，身之所历，心之所注想者，一一笔之于册，兼绘之于图。及奉学部文，有奏定编辑乡土志之役，窃喜夙夕搜罗十得八九。"这是编纂前历时两年的材料收集工作。"抄胥粗为底本，首据《县志》（指《福清县志》），次据公牍，又参以采访可信者而存其真，传示厅辖十二甲中，如有续访，以次编入，聊以补《县志》年久失修之憾。"

这是编纂过程的核实与辑补工作。"模愧不文，且重以时艰在抱，民事缪怀，案牍纷营，海洋兼顾，夙夜孜孜。质庸才拙，口不停讲说，笔不停披阅。而又役于斯志，深虞有误教育深衷（指修辑乡土志之宗旨为开悟愚蒙，教育学生），然又不能不黾勉力肩，竟此丹铅之卒业。"这是他最后编辑的艰辛情形以及他黾勉而为的愿望与情怀，句句肺腑。可以说，该书作为平潭地方志乘的开山之作，凝聚着宋廷模个人之殷殷心血、拳拳赤心。而庆幸的是，该书在散逸百年之后又经多方寻访后重现学界，并得以注译出版，想来也可慰宋公生前心愿。

再说开涵泄湖。我们历数宋廷模任内大事，可明确年份时间者，有光绪三十一年（1905）五月十二日的城隍庙破土动工，"不百日而工成"，同年六月创立织布局；有光绪三十二年（1906）五月初一创立的高等小学堂，是年腊月《平潭厅乡土志略》编纂成书；还有就是三十六脚湖的开涵泄湖动工，时间在光绪三十三年（1907）二月，其依据是目前尚存的摩崖题刻。石刻分布两处，位于原湖体南岸。一处状似朝天石印，上勒十六个字："沙开涵固，水涸田增，农欢国裕，岁乐福臻"，落款为"子山驻工谨题，时光绪三十三年二月初十立"。意思是开涵泄湖若能如期成功，辟湖区为良田，利民利国，皆大欢喜。另一处题刻在南岸山巅巨石之上，距前处

图18 观成万亩石刻其一

西边数百米之外，石壁勒有四个大字"观成万亩"，每字有一米多高，落款为宋廷模并镌两枚印鉴。意思很明显，万亩良田，乐观其成。现在这两处石刻均列为县级文保单位。

时过境迁，现在很多人难以理解，当初宋廷模为何会有如此疯狂的想法呢？如今三十六脚湖是平潭城区主要的饮用水源，是平潭人的"母亲湖"，如果没有她，十几万人口的城区用水根本无以支撑。如此说来，宋公之败，反倒是后世之幸了？这种立论我亦赞同。但放在当时的历史背景下，我倒觉得庆幸之余应给予理解与同情。平潭孤悬海外，近世数百年间风沙为患，田地稀少，"吾民所恃以为生者，渔业而已"，用宋廷模的话说，地理是"所惜风沙，患居两肘"，实业是"海滨渔户，如水如云；兼农兼商，无知无闻；士鲜恒产，教读课文；兼及农渔，艰于膏焚"。他在编辑的《商部调查土货表》直言："米，不敷用。地瓜（俗称番薯）、花生、麦，（均是）出产无多，只敷出地之用。"可见，"民无隔年之粮"是当时岛民生计的普遍情况。因此，宋廷模甫一到任，农桑之兴便是他念兹在兹的悬心大事，"念岛中稻田极稀，民食可虑"。所以，"试种青子、桑秧，教育及劝导塍海为田"，又"初拟塞竹屿口，尽辟内港为田，常乘渡船往来于狂风巨浪中，谈笑自若"。这事他没有办成，倒是半个世纪后的共产党人替他办成了。1959年竹屿口围垦工程动工，前后历时十多年，开垦耕地1475公顷，合两万两千余亩。这个在平潭历史上惊天动地的伟大创举，最初的创意原来出自这位清末同知。现在看来，即便当时他着手此事，成败亦可想而知。然而，颇具执拗之癖的他一计不行，又生一计。"继欲涸三十六脚湖，雇工建造石涵，费公帑二千金。"可这事阻力很大，"水利之议助之者绝少"。可想，与去岁改设学堂的情形大相径庭。最后得以开工，无非是宋廷模力排众议，强行推进罢了。无奈的是，天公不予作美，七里浦飞沙壅积，工程中途夭折，前功尽弃。

这事的结局在民国《平潭县志》之《名宦传》只有寥寥数语，"致负赔累，无悔言"。意思是宋廷模个人承担了公款赔偿责任，但也无怨无悔。除此别无下文。而流传平潭后世的民间故事《宋廷模链棺奇案》倒为之续了一笔尾注。故事说宋廷模随后调离平潭，新同知金士俊接任，公款二千金的债务便挂在宋廷模身上。不料，宋廷模次年在福州病逝，造成讨债无主的局面，而后任金士俊又拒不负责。事情闹到省府，结果出现了骇人听闻的判决，将铁链锁在宋廷模的棺柩之上，以示惩治。这故事今天看来，我想是半真半假，宋廷模当年（光绪三十三年）离任、自负赔偿之累、病逝省城是真的，至于说链棺示罪应不至于。不管怎样，我们从中也不难体会，开涵泄湖的败局让宋廷模身心交瘁却是不争的事实。此事争议之大，以致累及身后，以宋公之气魄与胸襟可能不足挂怀，但壮志难酬，出师未捷之遗憾，则足令其日夜萦怀。纵观其三年履历，每桩每件，无不是踌躇满志以始，殚精竭虑以终。所幸多有所成，功不唐捐。唯留下那屹立湖畔之数丈碣石，仍旧倒映在悠悠湖水之间，无数次在他的梦中沉浮。这一走，他走得悲壮而且孤独……

在"观成万亩"题刻的巨石之下，有一景致

图19　武陵遗舟

可能少有人知道。巨石兀立山巅，高不可攀，外侧一角悬空，其下内嵌一块自岩体脱落的条石，形似搁浅小舟，船头甚俏。一次我登山之际，探身下视，不料在石壁外侧竟发现镌有精致的小楷四字——"武陵遗舟"。倏然间，有种莫名的感动油然而生。我当时便武断地认定是出自宋廷模手笔，虽难以考证，却以为非他莫属。我所以感动，不在于景致命名之贴切且富有诗意，而在于旧时读书人"内圣外王"的蓄涵情怀，以及因"时艰在抱、民事萦怀"而想有所作为的乖蹇与孤独。诚如世人多歆羡李白"斗酒百篇、逸兴壮思"的豪迈洒脱，却少有人关注他"孤帆远影、两岸猿啼"的孤寂落寞；世人也多沉醉于陶渊明"采菊东篱、悠然南山"的冲远淡泊，也少有人聆听其"孤云无依、栖栖独飞"的幽幽喟叹。武陵遗舟，这如果是宋公胸怀"进而兼济天下，退而独善其身"的理想划向自己人生愿景的一条小舟，于我而言，则是透过题刻静静划向宋公深衷心曲的另一条小舟。

时过百年，我作如是言，如若宋公有知，是否引为一哂乎？

乙未孟春

[补遗]：丁酉（2017）年初，王强兄主编的《申报平潭资料汇编》出版，得其惠赠。该书收录了载于《申报》1904年7月17日第11224号第14版的一份档案，系署理闽浙总督江西巡抚李兴锐奏为请补同知事。奏疏大意为，光绪三十年正月十五日，平潭同知骆腾衢丁母忧，该职出缺，遴员请补，补授者即为宋廷模。文中陈述宋廷模年岁、籍贯、出身及简历，摘录如下，可资参考。

"查有截取记名同知宋廷模，年五十二岁，云南晋宁州廪贡，由现任广西州训导中式光绪癸巳科举人，报捐内阁中书到阁行走。二十七年，补缺奉派保送汉仓差，户部奉朱笔圈出记名汉仓监督。十一月委署侍读，十二月奉派本衙门撰。又二十八年，捐免试□历俸截取外补用同知，奉派修书处详校官，又奉派方略馆汉档校对官。于十一月初四日议叙加一级记录三次，于是月离署呈请分发捐指福建，经吏部带领引见，奉旨着照例发往，钦此。领照于二十九年正月十三日到省，因内阁修书出力，保俟补缺后以知府在任候补，先换顶戴。二十九年八月十一日，奉旨依议，钦此。委署兴（化）补通判。该员质地深稳，究心民事，以之请补福州府平潭同知，洵属人缺相宜，与例亦符……"

【附录】：《〈平潭厅乡土志略〉译注考释》前言

　　平潭见于书，唐为牧马地。宋元以降，命运多舛，明初内徙，嘉靖倭患，万历地震，清初迁界，数度劫难，地方文明摧毁殆尽。清朝前叶，平潭隶属福清，雍正八年（1730）始移县丞入境，嘉庆三年（1798）改置厅治，隶属福州府。至民国元年（1912）改厅建县，其时也晚，故而地方志乘修纂成果也少。相传明郭万程撰有《海坛记》，散逸无考。清光绪十年（1884），粤人吴奇勋任海坛总兵，筹备修志，却适逢中法战争，时局纷乱，半途而辍。直至光绪三十二年（1906），奉清廷学部章程，平潭海防厅照例修辑乡土志，平潭始有首部地方志书——《平潭厅乡土志略》。

　　《平潭厅乡土志略》共十五章，计一万八千余字。篇幅虽短，然涵盖面广，信息量大，所载内容涉地理、历史、人口、宗教、道路、物产诸凡。编辑者宋廷模，号子山，云南晋宁州人氏，举人出身，光绪甲辰年（1904）任平潭厅同知。其人豁达直率，办事雷厉风行，为官清廉自守，忧心民瘼，崇尚教化，极富担当，政声美善。任职期间，清剿海匪，移城隍庙，修志存史，办平潭高等小学堂，创平潭织布局，力行竹屿口筑堤、泄湖造田等前所未有之事业，不论成败荣辱，皆不输风骨本色，史称一代名宦。其修纂《乡土志略》，不但亲力亲为，而且捐俸供支，可谓不遗余力，公而忘私。

　　长期以来，该书部分内容仅见于民国《平潭县志》，其余湮没无闻，不知底细。2014年，邑中学人薛理星先生辗转自福建师大图书馆古籍书库发现全书抄本，借阅影印，随即注释后于次年初出版，促使这本遗落百年的志书二度付梓，重现学界。2016年，耄耋学人任恢宗老先生因研究地方文史而校勘此乡土志略，随后又从北京大学图书馆获得该书清光绪三十二年（1906）铅印本影印件，继之做进一步译注考释。任老先生治学严谨，精益求精，历两载之功脱稿，无数心力，历历可见。任注本内容翔实，广征博引，爬梳剔抉，探赜索隐，收入许多新发现之史料及研究成果，能补志乘之不足，可充案头之参证。其人其学，皆为学界后昆之标榜。

一部志略，薪传百年。前有宋廷模创始之功，今有薛理星、任恢宗两位学人寻获、译注及考释之努力，前人创之，后人因之，源流一体，各输其劳，踵事增华。时值平潭综合实验区加快步伐建设国际旅游岛之际，乡邦文化的整理研究工作也迎来一个蓬勃发展的时代，《平潭厅乡土志略》译注考释本的付梓出版，既是平潭乡土文献工作的新成就，也是平潭学界薪火相传、众人拾柴的一段佳话。

创始之功不可没

一

　　霞屿村有座老宅，住在这儿的老婆婆素爱养花。这个季节过来，宅前院内正是花团锦簇的光景。埕前的几株刺桐，墙边的数丛朱顶兰，院子里的一盆盆玫瑰、杜鹃、海棠、康乃馨、一串红都开得争先恐后。最引人注目的，还是前后院大门边上长势旺盛的两丛三角梅，一紫一红，高高地举过檐头，姹紫嫣红，绚烂动人。

　　老婆婆今年八十三岁高龄，老伴前几年走了，留下她一个人守着这座老宅。她的七个子女都早已自立门户了，留在村里的有一男两女，时常会过来照应。老人家身体硬朗，精神矍铄，简单的家务活都可以做，平时就喜欢侍弄些花花草草。她娘家是平原白沙垄林氏，清末民初著名的乡绅林福予是她的伯父。小时候她还上过民国小学，识得字，讲得了普通话。她说她打女孩子起就喜欢养花，至

图 20　施天章故居

今乐此不疲。聊到花草，她总是神采奕奕，快乐得像个孩子。

而聊到老宅，老人家说得最多的还是她的老伴。她说土改那会儿，这房子被分给贫下农民了，好几户人家住了进来。"老头子那时只有十五块的工资，不但要养全家老小十口人，还得省吃俭用，为了把房子一间一间地从他们的手上买回来，这前前后后攒了二十多年的钱啊……"因为这房子是祖上拔贡施天章留下来的，他们觉得有责任拿回来。算起来，从施天章到老人家这一辈，五代人了，老婆婆该是施天章的元孙媳妇。这座老宅，便是施老前辈生前自题为"十可知斋"的居所兼讲学处。

二

"余年逾知非，于世无裨。斋居读礼，讲学是资。自名斯斋，曰十可知。或请其说，试胪举之：白头黄卷，学问可知；拙守田庐，经济可知；卅年老屋，事业可知；选科一第，功名可知；浮沉半世，声闻可知；罔极莫报，堂构可知 [1]；干糇有愆，亲族可知 [2]；先施未能，交友可知 [3]；壮岁因循，晚景可知；生前栗碌，身后可知。嗟哉已矣，虽悔莫追。后生小子，如之何勿思？"

我录下这段话，除了为拙文增色，还觉得这段话对理解施天章老前辈极为重要。一方面，与其说这是故居老宅的命名缘由，不如说这是施老前辈的人生注脚。他年逾五十，斋居讲学，回首半世，沉浮因循，有感而发，自省自鉴与启示后昆的用心不难体味。另一方面，因缺乏霞屿施氏旧时的族谱依据，也无文字口传的其他凭证，我们想整理老前辈的生平事略，只能依靠民国《平潭县志》所涉记载。而在分散零碎的篇什之间，这段话正是一个线头。

在民国县志《名胜志》"书舍"一节，这段话之前还有一句："清同治庚午建，施天章讲学处。"也就是说，清同治九年，即公元

1870 年，施天章建十可知斋，其时年满五十。而他享寿六十有八（指虚岁，下同），这样便可大致推断出他的生卒年份，即公元 1821—1888 年。如此一来，结合民国县志诸卷记录，其生平便可崖略言之：

道光二十五年（乙巳，1845），25 岁，撰有《风雨篇》；

咸丰元年（辛亥，1851），31 岁，廪生，参与劝募重修兴文书院；

咸丰三年（癸丑，1853），33 岁，撰有《飓风赋》；

咸丰十一年（辛酉，1861），41 岁，考选拔贡；

同治四年（乙丑，1865），45 岁，考取八旗汉教习；

同治九年（庚午，1870），50 岁，建十可知斋讲学；

同治十年（辛未，1871），51 岁，撰有《重修霞屿天后宫记》；

同治十一年（壬申，1872），52 岁，撰有《兴文书院碑记》；

光绪二年（丙子，1876），56 岁，补镶蓝旗教习；

光绪四年（戊寅，1878），58 岁，补正蓝旗教习，期满验放，奉旨以知县用；

光绪六年（庚辰，1880），60 岁，撰有《重修镇海楼记》；

光绪十年（甲申，1884），64 岁，撰有《分修邑志海坛山辨》……

诚如十可知斋的题记自述，综观施老前辈一生简历，不论出仕还是斋居，他始终守住一介读书人的本分——学问文章，教书育人。以学问文章言之，施天章自幼聪慧，过目成诵，先后跟从陈方策、高琴溪等名师受业，学有渊源。为文思路敏捷，长于诗赋，常常一挥而就，以说理独到取胜。他书法优秀，尤其工于小楷。考取生员（秀才）之后，更是奋发勤学，自期远大，经传子史百家，无所不涉，无所不精，深得历任学政之青睐。清代五贡选取之法，岁贡为府、州、县学廪生食饩十年后依次升贡者，优贡、拔贡皆由本省学政主持选考，优贡三年一考选，取额极少，而拔贡十二年一考选，入选应试生员必须是"历届岁、科考取经古及一等最多者"，取额每县一人，府二人，更是难得。施天章在咸丰辛酉科考选拔贡，其学业功课之优异出众可想而知。他留在民国县志里的诗文，除已知年份的附诸简历如上外，而未知年份的仍有不少，如《登插云峰》《游国清院》《金峰八景吟》《井屿斋即景》《海坛中元曲》《拾米篇》《蜃楼记》《征题海坛名胜诗启》等。

以教书育人言之。施天章一生出仕时间不长，任职调补也都是各旗教习，虽然奉旨以知县用，终究淡于仕进。不论是知非之年丁忧在家，还是晚年授徒自给，他一生的职业都是一名"先生"。自古为人师表，首重道德学问。"白首黄卷，学问可知。"老先生有自知之明，谦逊之风可见。至于道德品行，其一生浸淫儒学，忠孝友悌，一丝不苟，"父母百年，他都在棺材下睡过三年"，这样的话依旧在后辈的口中相传。施天章生前曾盛赞过不幸早卒的同辈学者林钟华，云"源远者流长，根深者叶茂。儒者之业，不有得于身，必有待于后。命寿非寿，令名乃寿。济美[4]有子，夙志可售"，我看这话也是老先生自己作为儒者、师者、长者所执守的心迹表露，史称"出其门者多一时英俊"，这当然离不开老先生的道德学问与身体力行。

清末海坛，施天章以学界翘楚成为一代名师，他和他的前辈师长林琪树、陈方策三代，谱写了一段至今让海坛学子津津乐道的传承佳话。这三代名士都有自己的著作，林琪树著有《凤社奚囊集》，陈方策著有《西园遗稿》，施天章著有《抉云楼稿》，不幸的是这些著作都没有传世。相较而言，他的前辈师长仅有零星遗稿，他显然又幸运许多。虽然，《抉云楼稿》中的诗赋、论记、杂体不能悉数存世，但部分篇什还是留了下来，留在了民国《平潭县志》里头。在清代的海坛学者之中，他是存世作品最多的一位。这，无疑也是海坛文脉得以赓续的莫大幸事。

三

民国十一年（1922）修纂的《平潭县志》，《凡例》开宗明义，提及当初修志之时："惟光绪间邑人施天章氏拟纂星野、地舆、名胜、土产、学校、兵制、职官、选举、人物各志，惜未成书……其《纬候志》《名胜志》《物产志》《列传》各编，有采用施氏原稿者，并为注明，不敢掠美。"此言不虚，如《纬候志》之《星野》注"录施天章氏旧稿"；《山川志》之《山》一节系"施天章氏论曰"；《名胜志》据"施天章氏纂《名胜总目》，补辑二十有六，今从之"；《物产志》之《麟之属》按"竹鱼以下五十种，系据施天章氏采访旧稿，考释极精"；《文苑传》"共十有四人，十之九皆据施天章氏《人物志》"；《乡行传》"兹节取施天章氏原稿"等等。可见，民国县志除收录了施天章的诗赋论记以外，许多篇章都是在施天章生前手稿的基础上补辑而成的。若论此中因缘，则需回溯至三十八年前的清光绪十年（1884），那时应官方修志延聘，施天章等人着手开展《海坛志》的采访编辑。

清光绪十年平潭修志一事，民国县志《艺文志》现存两篇文章可资引证，一篇是时任海坛镇总兵吴奇勋的《旧序》，一篇是施天章撰写的《分修邑志海坛山辨》。前者记有"甲申维夏，福邑令八公 [5] 将续修邑志，移扎到坛，派在坛绅士为分局董事，谕其就近采访，并嘱添列海防一类。方举办间，突因法国事（指中法马江一役），沿海戒严中辍。迨撤防后，余乃复延诸绅士，嘱其详加访辑，细意搜求，别编为《海坛志》，毋废成劳。"后者记有："本岁邑侯八公留心文献，出示续修邑志，移扎海坛，猥以天章与岁贡林鸿苞、举人任柱鳌等充海上、海下二里分局董事，并谕增益未备各门类……"

据此节录，事由清楚。平潭修志肇因光绪年续修《福清县志》，时任福清知县的八十四设海坛分局，聘施天章、林鸿苞、任柱鳌等人为董事，留下的这两篇文章相当于是《海坛志》的序跋，可惜没有成书，原因也不得而知。不过，其时中法马江海战刚刚过去，此役福建水师折损殆尽。在这种时局艰危的背景下，修志未果似乎也在情理之中。只是令人不解的是，三位董事中只有施天章把修志的采访编撰工作扎扎实实地做下去，而其他两位董事并未就此留下只言片语。我们知道，举人任柱鳌强仕（四十岁）病卒，施天章《乡行传》原稿也载"林鸿苞年六十有七卒"，莫非他们二人都走在了施天章的前头，撒手将这副修志重担尽数付托于施天章一身？而当时施天章已经是六十有四的老人，他的生命也仅余下四年或者再多一些的光阴了。

今天，我们完全可以想见，那几年的海坛岛上，一位清瘦的老先生时常在山野丛林、村头垄间蹒跚而行，寻幽探胜，访耆问老。夜深人静的霞屿村中，一盏孤灯，一袭青衫，海坛一丘一壑、诸人诸事正在笔墨纸砚间不断地被敷织成锦绣文章。"总之，福邑修志，可自乾隆丁卯（1747）后续而辑之，海坛则必自丁卯以前，上溯其年代，遍访其废兴，凡有可考证者，一概详列之。条分缕析，综核名实，援据的确，必详必慎，以迄于今兹而后已焉……不揣卑鄙，咨询耆旧，考证载辑。先具辨正大略，以为发凡起例之端。庶后之分门别类，裒辑录报，不致疑于阿徇，则眉目既清，而条类各有根据，敬以俟夫采择焉云尔。"老先生的这段原话，读来令人感慨，其修志之宏愿与决心，采访之谨慎与详尽，辑文之认真与用心，数年艰辛，行程无数，仿佛历历在目。时至今日，其言仍可为后世之圭臬，其人仍不失为后世之榜样。无奈天不假年，老先生晚年念兹在兹的这桩事业最后没能达成。

时间又过了三十余载，民国十一年（1922）平潭组织修志，出任大墩区采访员的有两位施氏族人，其一是晚清邑庠生出身的施祖培，正是施天章的嫡孙。这次修志，施天章晚年手辑的《平潭名胜纪》《人物志》等悉数成为"足资考证"的重要史料，被民国县志大量收录。"敬以俟夫采择焉……"老先生生前的这个愿望至此也算修成正果。我想，"济美有子，夙志可售"，自施天章到施祖培，何尝不是如此？《文苑传》中的施天章传略大抵出自施祖培手笔，"创始之功不可没"——作为民国那代读书人对施老前辈的评价，这话毫不过分。

"生前栗碌，身后可知。嗟哉已矣，虽悔莫追。后生小子，如之何勿思？"这是十可知斋题记的最后一句话。在他身后，我便是一介暌隔百年的后生小子，一向私淑老前辈的道德文章，如今战战兢兢地写下这些文字，聊表心中景仰与缅怀之情，不晓得老先生是否知晓呢？这座百年老宅的今天，春色盎然，众芳争妍，一只凤冠彩翼的戴胜鸟正在废弃的烟囱里筑巢，体态轻盈，活泼可人，也不晓得老先生又是否知晓呢？

丁酉仲春

注：

[1] 罔极莫报，堂构可知：罔极指代父母之恩。《诗·小雅·蓼莪》："父兮生我，母兮鞠我，拊我畜我，长我育我，顾我复我，出入腹我。欲报之德，昊天罔极。"堂构，比喻子能继承父业。《书·大诰》："若考作室，既底法，厥子乃弗肯堂，矧肯构。"

[2] 干糇有愆，亲族可知：《诗·小雅·伐木》："民之失德，干糇以

愆。"意思是人们如果失去朋友之义,连干粮这样的小事也可能酿成过失。

[3] 先施未能,交友可知:《中庸》:"君子之道四,丘未能一焉。所求乎子,以事父未能也;所求乎臣,以事君未能也;所求乎弟,以事兄未能也;所求乎朋友,先施之未能也。"

[4] 济美:在前人的基础上发扬光大。《幼学琼林》卷二:"称人有令子,曰麟趾呈祥;称宦有贤郎,曰凤毛济美。"

[5] 八公:八十四,蒙古镶红旗人,光绪十年福清知县。(《爵秩全览》)

林淑贞故居

九月是蒹葭苍苍的季节。平潭的九月，也是一年之中最美的时节。这个九月的午后，我和友人驱车再次来到苏澳玉屿，目的还是寻访林淑贞故居。

玉屿村位于苏澳镇辖区南端，背山面海，海是石牌洋，山是玉屿山。我上两次来访，玉屿山是转过了几圈，对山上"仙人足""牛脊骨"等几处奇石印象深刻，那时心头隐隐有个定见——吴徽瑶、林淑贞夫妇的坟茔应该就在山上，可惜无缘遇上。村南那座碉堡矗立的山坡也上去过，那里地势不高，视野开阔，可以看到石牌洋中的双帆石在盈盈一水之间。我一度猜想，莫非当年林淑贞前辈也是站在这儿眺望过"半洋石帆"？转念想到旧时闺秀皆有缠脚之习，山虽不高，上来也不易，便不再胡乱思想了。问询村民，提及前辈名讳与《石帆绝句三首》，大都不知所云，故居何在更不用提了。后来我因为主持半洋石帆景区规划编写工作，希望能把前辈的故居纳入规划之中，再访玉屿，还是无果。两次受挫，失落非常，遂成一桩心病，久久不能释怀。

不料此行却出奇地顺利！我们在村中走访，竟然邂逅林淑贞前辈的后人——吴秋贤老先生，真是峰回路转、柳暗花明，叫人惊喜不已！起初一路的忐忑就此一扫而光。吴老先生年逾七旬，身体硬朗，神清气爽，他自称是吴宝琪的嫡孙，也就是林淑贞的嫡曾孙了。问明来意后，老人径直将我们带到了故居。

这是一座典型的清代平潭民居，俗称"一落两进两护堂"布局，砖石混合结构。镜面墙（正身墙面）与护堂前壁的裙堵均以花岗岩拼花砌筑,可以明显地看出墙体上拼嵌有葫芦、花瓣等图案。身堵部分以红砖砌面,或以红砖砌成香线框,而框内为壳灰抹面处理。后、侧面山墙都是石砌虎皮墙,仅在门框、顶堵边框及檐头杂以红砖镶边,红白相间,简洁大方,严整古朴。而美中不足的是,后人将大门北侧的前厢房改建成两层石房,既破坏了整体构造,又显得扞格突兀。房前埕地开阔,房后原来附设有小花园,可惜部分墙体已经坍塌,墙内蔓草丛生。宅中狼藉,荒废已久,早已不住人了。左右厢房的梁枋木构大都已腐朽破败,蛛网密布,地上满是污泥秽土,想来这里一度被当成牛栏羊圈使用。偌大一座老宅,只有正厅、正房保留尚好,摆放着先人遗像、寿柩和一些农具杂物,萧瑟落寞,看来仅仅充作"祖厅"之用。而遗憾的是,吴徽瑶、林淑贞夫妇的遗像竟没有保留下来。

图 21　林淑贞故居

　　据吴老回忆，这座老宅经营的时间应在林淑贞前辈入适吴家之前。因为当初住在老宅的不只是林淑贞夫妇这一支，还有他们的同门兄弟一支。如果我们按照民国《平潭县志》的相关记载推算，林淑贞前辈的生年大约在清道光年间（即公元1835年左右），那这座老宅迄今应该有两百年上下的历史了。不难想象，能修建这种规模格局的建筑，放之当时，一定是村中的大户人家。看那现存的大门门碣、柜台堵、琴脚、踏步、柱础等石制构件，当初都是下足了精雕细琢的功夫。而今老宅面目皆非，着实令人惆怅，同行的朋友忍不住啧啧叹息。其实，一座房子历经两个世纪的风雨能保存成这样已是相当不易。你想想，自清朝、民国以降，大概有七八代人从这里走出来了。在时间的长河里，山川变迁，人事流转，许多时候人力只能扮演无可奈何的角色。不过，人生不应该只有惋惜悲叹，更多的时候，人需要守住一份信念，勇敢乐观向前看。我想，今天我们站在这里，站在前辈写下《石帆绝句三首》的这座老宅里，除了怀有虔诚的朝圣之心、满目萧索的百感交集，我们更当深切地体认到，老宅固然衰朽不堪，但前辈的诗句依然能穿越过险恶的时空继续勖勉我辈，沧海桑田，遗珠尚存，庆幸若此，夫复何求呢？

　　在老宅，吴老先生夫妇俩跟我们分享了林淑贞前辈的一些往事。林淑贞娘家在平原朴秀下自然村，其幼承家学，博学能诗，堪称一代名媛。《半洋石帆》三绝句一出，邑人争而传之。丈夫吴徽瑶也是个儒士，在村中办私塾授徒为业，因为体弱多病，常由妻子代课，享年五十二岁。夫妇俩育有子女二人，系同胞姐弟。女吴碧玉，嫁苏澳村高氏，年二十五丈夫病故，抚育一子，待其成人娶媳后，子又不幸病殁，遗孙一人。"媳不安于室，惟祖母是依，劬劳鞠养，卒延一线于不坠。"她命运多舛，生平极为坎坷，其事记在民国县志《列女传》中，想来这也是林淑贞前辈的生前之痛！子吴宝琪，是清县学生员（俗称"秀才"），后由法政讲习科毕业，自称从小经母亲一手调教，尤善属文。民国初期，他担任斗门区乡团团总，还是民国县志的分纂（相当于执行编辑），是完成县志编纂的关键人物之一。其为人忠信正直，济贫扶弱，乐于助人，曾获授"热心公益"的旌奖匾额。

当我们问及家中可有前辈的诗文遗稿留存时，吴老搜寻出一对木刻楹联。告诉我们，别说是文稿籍册了，"破四旧""大炼钢"时代，老宅征为公用，家中能拆得动的木料全部被劈作柴火。原来老宅挂满楹联，经此一遭，哪里能留得下来呀？这对楹联当时被当作土窑的搁板用，所以才幸存下来，这也是老宅内仅存的旧物件了。吴老说，这对楹联原先挂在厅堂的寿屏堂（亦称"太师壁"）两侧，算是老宅最核心的一对楹联。其长一米多，宽二十多厘米，木质阴刻，字体端庄，笔力厚实，雕工精致，内容是"座满《毛诗》兼《戴礼》，家传《唐俗》共《豳风》"。吴老不知道这是哪位先人的手笔，但自然也不排除出自林淑贞前辈的可能。如果是，那可是前辈存世的唯一墨宝了。

《毛诗》，便是现在流传的《诗经》，相传由孔子删定，经西汉毛亨与毛苌辑注而传世；《戴礼》，指西汉戴德的《大戴礼》与戴圣的《小戴礼》，其中《小戴礼》便是现在流传的《礼记》。《诗经》和《礼记》都是儒学经典。《唐俗》（按，风、俗同义，唐俗即唐风）与《豳风》是《诗经·国风》中的篇章。如此看来，这副对联的意思就是诗书传家、崇礼尚德。如果这副楹联挂在别的人家，我们可能多止于欣赏而已，可放在这里，则不得不说是实至名归。因为透过这副楹联的题义，我们很容易想到前辈的家世。

　　林淑贞在家排行第七，上面有六位哥哥，现在朴秀的族中老人仍亲切地称她"七姑嬷"。父亲林本珩，字世艺，号守轩，太学生林廷芳季子。作为一名儒者，学问优裕，孝悌谨信，待人忠恕。"邻里有微隙，必曲为排解，品望重一方。"邑中学子为他的善行举荐学宪（亦称"学政"，一省文教长官），奖予"本立道生"的匾额。"本立道生"典出《论语·学而》"君子务本，本立而道生"，以表彰其君子懿范。大哥林潘绣，字赉良，号弼夫，清咸丰年间县学附生，秉性质直，义有父风，自行割出数宗私产资助乡塾办学，深得族人信赖。光绪庚辰（1880），日本侵略琉球，琉球王族派遣官员赴华求救，船只遭风飘覆长江澳，赉良亲率族人救护，当时的闽浙总督何璟特颁"急公好义"匾额予以旌奖。伯父林钟华，名本璋，字世达，号月川，也是个饱学博士，著有《诗经》《尚书》类典两部各四册，可惜没有传世，堪称海坛学界一代文宗。堂兄林潘珂，钟华子，字庆祺，号晴波，人称学问渊雅，尤长于诗画，其山水画据说风靡一时，备受追捧，"得者视同拱璧"。

图22　林淑贞幼年读书处（平原朴秀村）

以上朴秀的文人墨客皆为林淑贞至亲，可见，清代后期朴秀林氏一族文风昌盛，人才济济。

再来说说她母亲的圭石陈氏一族。据修于道光甲辰年（1844）的《驻马林氏合修族谱》记载，林淑贞之母是"圭石陈氏，邑廪生陈玉山孙女，邑庠生陈方策次女"。陈玉山与陈方策父子在民国县志《文苑传》都有传略，二人都是清代海坛的著名学者。陈玉山，字道枝，号青田，自幼天资聪颖，过目成诵，是县学生员中的优等生（廪生）。尤善属文，参加全省比试决科，名列"十闽第一"，深受学宪赏识，传谕抄录他的文章颁发各大学府列为范文，"谓制艺（俗称'八股文'）必如陈生，始是清真雅正"。后不幸遭人嫉妒暗算，落选归乡，出任兴文书院主讲，年仅三十许病殁。其子陈方策，字诸绅，号西园。这位天才少年，十二岁失怙，师从举人林琪树，"精研经传，博洽淹贯，尤长古文词"，为文私淑方苞等人，以桐城派为正宗。受福建巡抚魏元烺知遇青睐，选拔到省城鳌峰书院读书肄业。因棘闱考场屡不得志，随后归乡以授徒讲学为生。其生平为人操守严谨，安贫乐道。自林琪树晚年回籍福清，邑中学人皆以陈方策相依，尊称其为"西园先生"，是为一代名师。他"教人读书，必如甘旨悦口而后有心得，论文外兼及心性有用之学。故所造就之士体用俱备"，咸丰年拔贡施天章便是他的得意弟子，族中子

图23　陈玉山陈方策父子墓碑

弟如堂侄陈云、陈封，侄孙陈星枢——经由他的栽培而成才。这些人算起来都是林淑贞的舅辈或表亲。陈方策平生素喜吟咏，"一诗出，人争诵之"。这一点，林淑贞大有外公遗风，祖孙隔代辉映，也是海坛文苑佳话。只是令人惋惜的是，他们生前遗稿墨宝得以传世者几不可见！

当我们把这副楹联移到门口拍照时，九月的阳光正给老宅披上一层暖暖的金晖，红砖白石的墙面愈显绚丽。吴老说："听上辈人讲，曾祖母以前常常坐在门前埕上的围墙边，一把交椅，夕阳月下，教育儿孙吟诗作对……"是啊，顺着老宅坐落的方位地势，百年前这里只有几十户人家，此处居高临下，石牌洋中的双帆石也不过是一望之间。我们几乎可以想见，当初才情横溢的女诗人便是站在这儿，低吟浅唱着那三首立意高邈、磅礴大气的石帆绝句。如果说那对楹联可见其家风家学的传承与自豪，那《石帆绝句三首》可见其寄寓子孙后辈的鞭策与期待。百数十年以来，那句"谁谓末流无砥柱，且看障得百川东"不知感动过多少的海坛子弟，诗中的意气风发和语重心长，至今还在砥砺着我们勇于闯荡、敢于担当。今天，我们站在这里，此景此地，吟诵诗句，缅怀斯人，是一种景仰，更是一种幸福。

夕阳西下，九月的天空湛蓝高远。当我们离开林淑贞故居的时候，村里的炊烟袅袅渐起，一群欢快的白鸽在空中飞翔盘旋，划过一阵阵清脆的哨声，像一首首轻盈的诗句飘然而落……

癸巳白露

有灯就有人

——后楼文林陈氏先贤述略

平潭澳前后楼下厝，旧时别名文林境。文林，顾名思义，文士之林也。而纵观后楼下厝陈氏一族肇基三百余年以来，诗书奕世，礼乐传家，族中士子云集，代有贤人，堪称名副其实。

后楼陈氏始祖（一世祖）名讳有福，字得禄，号国香。据其六世孙陈能坦所撰《国香公肇迁后楼记》一文，其原籍玉漏堂，生逢明末清初之乱世，滨海居民奉旨迁界内徙，少年国香随叔父舅氏背井离乡，颠沛流离，备尝辛酸。至康熙年间，清廷收复台澎，海氛绥靖，海坛岛民回迁。国香回乡后入赘芬尾大湖寮（今敖东大福村）魏氏，不幸又惨遭家变，妻子难产而殁。之后入闽经商，知遇精通相术的张公赏识，以女妻之，不久偕归家乡。可能得丈人张公衣钵之相传，国香回乡后"历相山川，始迁后楼"，陈氏一族自斯发祥。这大概便是后楼陈氏始祖"三徙之难"与堪舆卜居的事略，至今仍为族人所津津乐道。

祖先开基艰难，后人口传追述往往赋予些传奇色彩，情理所在，无可厚非。然而，先人创始垂范，我们后人最不可忽视的还是其生前的孜孜以求与念念不忘。正如陈能坦所云"虽曰吉人天相，亦公之才智过人也"。况且张氏"乃女中丈夫也"，"性俭约，善居贫，严督诸子，教化有方，公之创业，实赖其助"。家有贤妻，万金不易，自古是不刊之论。至于国香公如何相地卜居的细节我们所知不多，但由他亲手开辟的陈氏祖居旧址尚在，背西面东，大门正对远处山头上的笔架石，此石"数笏排成笔架，故名"。

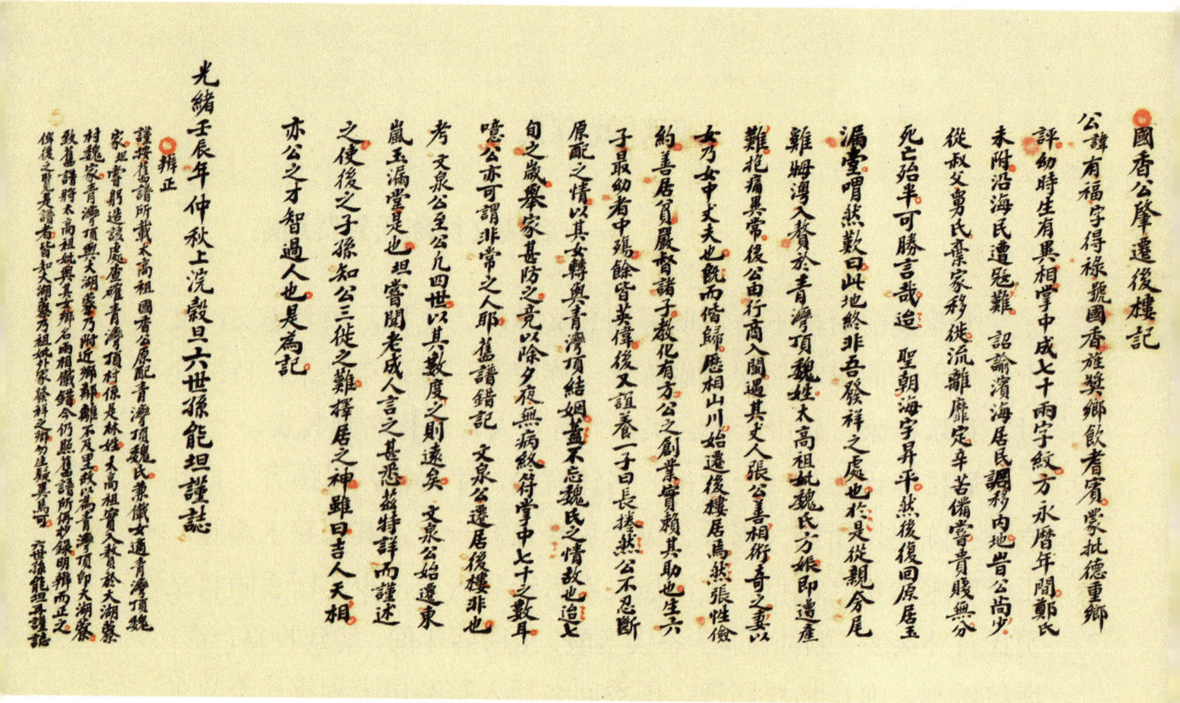

國香公肇遷後樓記

公諱有福字得祿號國香旌獎鄉飲耆賓蒙批德重鄉評幼時生有異相掌中成七十兩字紋方永曆年間鄭氏未附沿海民遭兠難 詔諭濱海居民調移内地旹公尚少從叔父舅氏棄家移徙流離靡定辛苦備嘗貴賤無分死亡殆半可勝言哉迨 聖朝海宇昇平然後復回原居玉漏堂喟然歎曰此地終非吾發祥之處也於是從親夯尾雞姆灣入贅於青灣頂魏姓太高祖妣魏氏方娠即遭產難抱痛異常後公由行商入閩遇其丈人張公善相術奇之妻以女乃女中丈夫也既而偕歸歷相山川始遷後樓居焉然張性儉約善居貿嚴督諸子教化有方公之創業實賴其助也生六子最幼者中殤餘皆英偉後又誼養一子曰長㩀然公不忍斷原配之情以其女轉與青灣頂結姻蓋不忘魏氏之情故也迨七旬之歲舉家甚防之竟以除夕夜無病終符掌中七十之數耳噫公亦可謂非常之人耶 舊譜錯記 文泉公遷居後樓非也考 文泉公至公凡四世以其數度之則遠矣 文泉公始遷東嵐玉漏堂是也 坦嘗聞老成人言之甚悉茲特詳而謹述之使後之子孫知公三徙之難擇居之神雖曰吉人天相亦公之才智過人也是為記

光緒壬辰年仲秋上浣穀旦六世孫能坦謹誌

辨正

謹按舊譜所載太高祖 國香公原配青灣頂魏氏隸嫩女適青灣頂魏家 坦嘗躬造該處查確青灣頂村係是林姓 太高祖實入贅於大湖蔡村魏家青灣頂與大湖蔡乃附近鄉鄰雖不及里致以為青灣頂即大湖蔡致舊譜將太高祖妣與其丈鄉名兩相攙錯今仍照舊譜所係抄錄明辨而正之俾後之覽是譜者皆知大湖蔡乃祖妣外家發祥之鄉勿生疑異焉可 六世孫能坦再謹誌

图 24 国香公肇迁后楼记

我们可以这么理解，笔架石以及文林境的定名，皆可推知乃国香公始创，其耕读传家的用心与深意不言而喻。

国香夫妇生育六子，最幼早殇，余者皆英伟有成，三子长增（字永能）、五子长光（字永明）最具国香风范，父子三人相继获旌奖“乡饮耆宾”。按周礼古制，“乡饮宾”原意为“诸侯之乡大夫举其贤者能者，以饮酒之礼宾客之”，科举时代的“举人”之义即由此而来。清制《钦定学政全书》则明确规定，各府、州、县每岁于正月十五日、十月初一日两次举行乡饮酒礼，由府、州、县儒学召集生员公举遴选，年高德劭、望重乡里者方有资格参选，身份有大宾、僎宾、介宾、众宾之别，先由府、州、县儒学复查核准后颁发“乡饮执照”，然后再逐级上报礼部并奏请皇帝钦准注册，方可称之"乡饮耆宾"。其遴选程序严谨慎重，非德行义举、乡望隆重者绝无机会，是清代乡贤士绅重要的身份荣誉，礼部注册后地方政府往往要赠送匾额以示祝贺。陈能坦所记国香公"旌奖乡饮耆宾，蒙批德重乡评"，说的就是这个意思。可以说，由国香公开创的"崇学重德、义行乡邦"的家风族规，陈氏一族历代奉为圭臬，延续不坠。后世陈氏子弟中"乡饮耆宾"仍不乏其人，手撰《国香公肇迁后楼记》的六世孙陈能坦也是其中一位。

民国《平潭县志》卷二十九所附《乡行传》载有陈永明传略，说的是乾隆乙巳年（1785），张学浦任平潭县丞，鉴于其时兴文书院"学宇倾颓，学教废坠"，柬请邑庠生陈承颖、林翰等劝捐重建。"时各绅士耆民深感张公雅意，莫不踊跃捐助，不数月而落成。"这绅士耆民里最重要的一个人就是陈永明。他"以首倡为己任"，新修落成的兴文书院前后三进的所需木料价值千金，均由陈永明独力慷慨捐输，毫无靳色。更令人称道的是，新宇落成，树碑勒石，陈永明提出只需记上捐银六十两，其为善不近名的风范节操备受邑中士绅推崇。咸丰年间兴文书院再次扩建，陈永明与林琪树、陈承颖、詹功显四人被海坛士子公推为乡贤入祀，实至名归。

《乡行传》陈永明传略中另有提及他的两个后辈，一个是侄孙儒惠，字世养，号希侨，例贡出身（生员捐入国子监读书资格，故又称"国学生"），嘉庆甲戌年（1814），兴文书院募捐膏火之资，陈儒惠又是捐资缘首。前有陈永明担当表率，后有陈儒惠踵事增华，在清代海坛教育史上，祖孙二人也是共谱了一段佳话。另一个是陈永明的曾侄孙陈能垲，字振爽，号更诸，又名陈飞，即前述撰写《国香公肇迁后楼记》的儒医陈能坦的长兄，他是陈氏"能"字辈的佼佼者，副贡出身，候选儒学训导。

　　旧时科举远比我们想象的艰难。要想在学业上进取功名，且不说中举进士，仅就生员而言，就相当不易。未取得县、府生员资格者统称童生（文学生），由县试（每年一次州县长官主持录取童生）、府试而院试（每三年两次，由省学政主持录取生员，又分岁考、科考）依次递进，考试内容涉及时文（亦称"时艺"，俗称"八股文"）、诗赋、经论、骈文等，在各县府学额有限的前提下（大县约40名，中县约30名，小县约20名）严格选录。试而未录取者可以再考，俗称"小考""小试"。据陈氏族谱所载，陈飞的次子奋九，聪颖好学，为人沉潜纯粹，虽才冠县府之场，屡列前茅，却屡屡受挫于院试"岁考"，一直未能如愿录取，真正是"十载穷经，一衿难搏"。后来奋九在考罢县试的回航途中，不幸沉舟覆亡，年仅32岁，英年早逝，令人痛惜。而其父陈飞，不但取得生员资格，且通过院试"科考"后选送"乡试"（考举人），这一关叫"录科"。也就是说，他在"科考"这一关成绩列置于一等、二等甚至三等前三名而取得了参加乡试的资格。而所谓副贡，就是以乡试备中之卷，文理优长者限额填入副榜，可直接贡入国子监读书，读满一年后送吏部历事，所以陈飞具备了县学教官副职（儒学训导）的身份。按清制，副贡与岁贡、恩贡、拔贡、优贡合称"五贡"，视为进仕正途，与举人仅差一步之遥，每为士子儒生翘首以待。所以，自国香公后楼创基以来，历数代经营，陈氏一族学风蔚然，而他的六世孙陈飞在功名进取上成就了家族历史上的一个高峰。

　　陈飞育有三男两女。也因为其副贡出身，陈家女婿皆为名门精英，长女紫云适天山礌蛟村（今任厝）岁贡任杰的次男举人任柱鳌，次女端姬适霞屿村拔贡施天章的四男国学生施崇虞。长子陈奋三，次子奋九，季子奋百，其中陈奋三又是一位陈氏家族中继往开来的中坚人物。

陈奋三，字家骏，篆观祝，号梅仙，又号品三，例贡出身。他的坟茔位于后楼村东山，占地上百平米，墓制恢宏，七圹并排，呈品字型石制构式，回水石栏环卫上下三埕，整体布局暗合"品三"二字。坟山后侧镌有墓志铭及墓联，皆出于当时平潭名人手笔。据林树声撰题的墓志铭及族谱记载，陈品三身材魁梧，相貌堂堂，五绺长垂，人称"美髯公"。其性情豪爽乐观，极重孝友情义，壮年遭无妄之灾，几乎荡产一空。夫妇二人力撑家计，备受艰辛，而孝奉父母从来不敢有丝毫怠慢。作为长兄，品三极富情义担当，为了供应学业优秀的二弟奋九，不惜变卖典当家私全力扶助。在他35岁至45岁的十年间，二弟奋九（享年32岁）、父亲陈飞（享年71岁）、三弟奋百（享年37岁）相继离世，时乖运蹇，家变频发，生离死别的噩耗接踵而至。然而，品三却以一人之力扛起维系数个家庭的生活重担，"慰寡抚孤，无怠始终"，"恤仲氏之节妇，不吝赀财；抚三弟之遗孤，频垂青眼"。他逐一为几个侄儿侄女完婚嫁、成家室，不弃不离，无怨无悔。也亏得他坚韧乐观的秉性，谦恭勤俭的作风，兢兢业业地张罗生计，才得以重振家业。而且，他为人疏财仗义，慷慨大方，素来热心公益，为邻里排忧解困，平息争讼，凡有地方善举皆能挺身而出，勉力而为，卓有成绩。在村中治道路，为陈氏修族谱，民国九年（1920），他还带头倡捐公建文林学校，延师教育本族子弟，成为平潭境内极富名望的一代乡绅。族人称赞他"望重乡邻，名扬潭岛"，也是实话。

后人评价前朝读书人，多歆羡于功名进取与仕途腾达，而那些读书人中，又有多少人真正能够用一生去践行儒家的精义与正谊？正心诚意，修身齐家。穷则独善，达则兼济。当我们简单梳理出陈品三的生平行状，我们不得不说，陈品三这个后楼陈氏先贤，他以其遭遇跌宕的一生书写下的不正是传统儒家大写的"仁义"二字？他自号"梅仙"，又号"品三"，在下臆测，多少取诸"梅花香自苦寒来"与"吾日三省吾身"的含义，用以自勉自励吧？其一生孜孜矻矻，矢志不渝，作为一名前朝读书人，他以他的修养与操守树立起一座继续让后人仰望的人格高山。陈氏谱牒盛赞其"纲常志切，师友情殷"，"居家存公义之情"，"孝友中之人杰"，品三公真可以说受之无愧。

有道是"念念不忘，必有回响。有一口气，点一盏灯，有灯就有人"。陈氏一族自国香公伊始，历永明公、儒惠公诸前贤，至品三公以下诸后昆，诗书传家，奕世载德，一脉相承。品三育有三子，悉成家器，长子衡庵（志伊）"尤善体亲意本"，为人温厚，治家有方，和睦邻族，修桥补路，深得其父之风，"友爱之志，是父是子辉映后先"，为乡邻所称羡赞赏。陈氏"志"字辈中还有一位平潭名流——陈志铿（字声锵，篆颂祺，号雅堂），邑庠生。清宣统二年（1910）平潭成立议事会与自治董事会，陈颂祺先后出任议事会议员及董事会总董。民国元年（1912），南京临时政府成立后电令各省所属厅、州一律改县，起初平潭例外，仅拟设分防委员。"平潭士庶以其职权太轻，不足维持治安。"公举代表赴省城呈具《改县理由十三端》，最终促成平潭改厅建县。其时，陈颂祺是八个代表之一。民国十一年（1922）平潭修志，陈颂祺还出任侯均区采访员一职，也算是清末民初平潭学政两界中的一位精英。

前些时日再度造访后楼，有幸遇到品三公后人（陈老先生），相邀参观品三故居。陈老跟我说起一桩旧事——每岁上元节，后楼有"游花灯"习俗，届时上下厝村民随游行花灯队汇聚在村间的大埠上。这天傍晚，品三公都会早早用过晚饭来到这里，以防游行中的后生青年争强斗狠，惹出事端，乃至乐极生悲……这个故事在我听起来温馨感人，公之风范恍若眼前，栩栩如生。是啊，旧时读书人独善兼济的执守与担当，每每能成为族人乡邻道德品行上的瞻依，滋润乡风，造福一方。谈及陈氏后世学风，陈老说现在陈氏子孙学业有成者大有人在，书香满门，硕果累累，令人欣慰。站在品三故居，这座保存尚好的老宅照壁上，石制雕刻的构图俨然还是一幅精致而生动的"鲤鱼跃龙门"……

　　古人云，不忘初心，方得始终。信乎？积善之家，必有余庆。信乎？

丙申暮春

图 25　陈品三故居

天道何依

这座房子，是一个时代的背影。

当初热闹一时的营建工程，因国民党军队败退台湾而半途中断。留下的一落两层大厝，两侧山墙规整气派，门窗柱础的石构工艺，精美细腻。而今，偌大的房屋里面，瓦檐倾塌，楼板抽空，剩下高大的柱子齐整整巍然而列，任由风吹日晒，杂草丛生，破败荒芜。

现在平潭少有人提及林正乾这个人了，但是很多人都熟悉这么一句话："野猫洞兄弟，拢兜！"这句话在平潭民间几乎被当作俗语应用，原创者正是林正乾。林正乾，苏澳紫霞洞人，军旅出身，1941 年由福建省保安处上尉服务员调任平潭县保安大队少校副大队长。其时，正值抗战时艰。

民国平潭抗战，前期是罗仲若县长领导的"六次沦陷六次收复"（1939—1941 年），历经坎坷，艰苦卓绝。后期则是林荫县长领导的县保安大队（后改为县自卫大队），先后在流水盘团澳俘获日寇运输舰"多多良丸"号（1943 年 10 月，此役击毙日舰舰长 1 人、俘虏 7 人）、在苏澳港智夺日舰"纪宝丸"号（1944 年 12 月，此役不费一枪一弹毙敌 7 人、俘虏 3 人，并搜获机密文件 12 件，事后方知该舰系日军太平洋情报船）、在长江澳焚烧日舰"胜浦"号（1945 年 2 月 5 日），以及在东尾围歼"大兴（喜）丸"号等六艘日军运输船（1945 年 3 月，此役毙敌 28 人、俘虏 10 人，并俘获三艘运输船）、收复牛山灯塔（1945 年 4 月，此役毙敌 2 人、俘虏 2 人，并缴获电讯器材等）。平潭以孤悬海

图 26　林正乾故居

外之蕞尔小岛，屡屡取得赫赫战绩，多次受到中央政府及第三战区司令长官的褒奖，堪称奇迹。

在抗战后期的数年间，林正乾都是平潭方面的核心领导之一。当时的林正乾身兼县自卫大队第三中队长，第三中队队员多是紫霞洞同村子弟，在苏澳、东尾诸役中都是作战主力。此君对林荫可谓忠心耿耿，只要林荫一声令下，他便振臂一呼："紫霞洞兄弟，拢兜！""紫霞洞"后来因为方言音近的缘故，被误作"野猫洞"。但凡知晓这段历史的，都不难感受到这句话里迸射而出的那股平潭人的义气与血性，我想今天的人们也不难感受到吧？

我说的这座房子的主人就是他。这座房子于 1948 年动工，到 1949 年 9 月平潭解放，林正乾随林荫败走台湾，房子才刚刚盖完后落，中庭与前落便半途而废了，不过大门的石碣当时已经立了起来。林正乾留下的家眷是他的妻子和 6 个子女（最小的弟弟送人抱养）。我这次来到此地，遇到的是他的长女，大娘今年七十七高龄了。我们在拍照，她正路过，看见我们便停下脚步。我问她这房子是谁家的？她说，这房子是她父亲手上盖的。我说，他老人家以前是干什么的？她说，她父亲去了台湾……我随即接过话，是林正乾先生吧？她的眼泪一下子就下来了，抓住我的手，情绪激动，战战兢兢地问我：“你是怎么知道我父亲的？”

林正乾去台后，老婆孩子便被扫地出门，这座房被分给了6户贫下农民（后剩4户）。那时大娘还小，才九岁。母亲天天要去接受批斗，前后游过了30多个村子。每次母亲起大早出行，她都偷偷地跟去。母亲被人们按倒在地上剃光了头，她哭喊着求他们剃自己的头，放过她的母亲吧，没有人答应她。他们让她的母亲跪在海蛎壳上，膝盖上流出的鲜血沾满了裤管，回家还不敢洗掉。晚上，母子几人抱头泣哭，哭都不敢出声。没东西吃啊，烟囱好几天冒不出炊烟，有好心人实在看不下去了，把几个地瓜偷偷地塞进窗户来。因为几个子女，她母亲死都不敢死……

后来呢？后来，她大哥、二弟，就连早年入嗣别家的幼弟，都以“出海投敌”等罪名被关进监牢，大哥、二弟都被关了七年半（放出来后一改判五年、一改判三年），幼弟被关了两年……再后来，她二弟也成家了，一家人还是受尽别人的欺辱，一辈子直不起腰来。二弟想不过来，提了瓶药水到后山喝下，死了。那时，她母亲还在，老人家伤心得好几天没吃饭。房子呢？房子至今还是别人的，那些人已经搬出去了，各自盖起自己的房子，他们把老房子里能用得着的楼板木料，能拆都拆去了。老房子早就不住人了，房顶塌了，地上也长草了。她大哥觉得这房子是父亲盖的，心疼可惜，拿锄头想清清屋里的杂草，他们也不让。他们说了，这房子是政府分的，再不是你们家的，这里的一草一木都不许动！

大娘说，许多路过的人每见到这座房子，多会停下来看看，她从来没敢告诉过人家这些事。她会跟我讲，是因为她做梦也没想到还有人知道她父亲的名字。我一路听下来，无言以对，我只能抚着大娘的后背，希望她多保重。我告诉她，我手上有份档案影印件，是 1945 年抗战胜利后国民党中央执行委员会颁给她父亲的奖状，嘉奖他抗战歼敌有功。我说，下次来，一定打印一份带过来。

大娘的眼泪又下来了……

在离开的路上，我一直这么想，有一些人不应该被人遗忘，有一些事也不应该被人漠视，而有一些人，却应该受到谴责！不然，天道何依呢？

丁酉孟夏

辑三 独立苍茫

● ● ●

此身饮罢无归处，独立苍茫自咏诗。

——唐·杜甫《乐游园歌》

风华浊世，舍我其谁

——林淑贞《石帆绝句三首》试析

共说前朝帝子舟，双帆偶趁此句留。
料因浊世风波险，一泊于今缆不收。

双帆饱尽古今风，刻石为舟总化工。
十二万年同此渡，渡残日月转西东。

千寻耸拔大江中，树立遥知造化功。
谁谓末流无砥柱？且看障得百川东。

这是林淑贞留下的《石帆绝句三首》。据民国《平潭县志》记载，当初这三首绝句一经写出，人争传之，风靡一时。时过百数十年，这三首诗依旧为海坛学人所津津乐道，传诵不止。大家都公认这三首诗写得好，而好在哪里？不乏见仁见智。本人对这三首诗一向情有独钟，时常诵吟涵咏，每有撷拾所得。故也不揣谫陋，不嫌啰唆，试作解析。

作为七绝体裁，自诗词格律讲，首先是声律用韵。格式上，石帆绝句第一首是仄起式，或称"仄起入韵"，即首句为"仄仄平平仄仄平"，然后进行"黏缀"（按，上句平声字对应下句仄声字，特别是每句的第二、四、六字）与"粘对"（按，后联出句要跟前联对句相粘，平粘平，仄粘仄）。用韵为下平声"十一尤"，韵字为"舟""留""收"。第二、三首均为平起式，或称"平起入韵"，即首句为"平平仄仄仄平平"，然后进行"黏缀"与"粘对"。用韵均为上平声"一东"，韵字第二首为"风""工""东"，第三首为"中""功""东"。这里需要指出的是，第一首诗中的"说"与"泊"字依据旧时念法应读仄声，第二首诗中的"石"字、第三首诗中的"得"字应读仄声，"看"字应读平声。另外，第一首"句留"之"句"读"勾"，作"逗留"解，参见白居易《春题湖上》诗中"未能抛得杭州去，一半句留是此湖"句。现在读古诗，很少人去注意平仄声调了。我这么不厌其烦地拈出这些，一则是个人之迂，心有所淑，向渐渐受人冷落的近体诗创作致敬；二则是借此说明，在法度严谨的声律规矩之中，前辈写来游刃有余，而且深中肯綮，既见其旧学涵养之深厚，好整以暇，亦见其寄慨用心之良深，诲尔谆谆。何以见得？接下来我们进入文本细述。

总的来说，《石帆绝句三首》并不难读。通诗造字遣词平实质朴，率性直发，清通如话，少有文人气，多有唐人风。字里行间，近体七绝清朗激越的风格也不难体味。然而，我们读古诗，仅此泛泛而谈不免缺憾，况且还是自己私淑的前辈遗作。个人的见识是，就文本而言，应该透过字句典实的训诂意义以及前辈的旧学语境与认知背景，条分缕析，尽可能靠近创作者的夙构深衷。虽然颇有不自量力之嫌，但这是个人读诗的一种体认与取向。

我们先从关键词说起。在第一首中，"帝子舟"所指素有争议。其一指的是神话传说《哑巴皇帝》中的双帆石，即著名的"半洋石帆"景点；其二指宋末皇室南逃中"杨妃偕弟亮节负益王、广王航海驻跸王母双礁"事，亦有学人认为二者兼指，一语双关。以文本的开放性言之，窃以为无可无不可。但深究其出入来源，需略加说明的是，近世误以为"半洋石帆"为"王母双礁"，源自上述"杨妃驻跸"后续所记文字——"驻朴秀区北海中礁上，后人思之，故名王母礁。有二石如帆樯，人呼为双帆石，又呼南王母礁、北王母礁"。而"半洋石帆"亦有"双帆石"俗称，故而张冠李戴，混为一谈，情有可原。可是，回到林淑贞前辈的创作时代，倒不至于有此误会。原因是两处景点所在区域十分清楚，一为朴秀区，即现在苏澳港以北区域；一为斗门区，即苏澳港以南区域。与她同时代的岛内名儒施天章（按，林淑贞系陈方策外孙女，施天章系陈方策弟子）补辑的"平潭二十六景"也说得很清楚，"王母双礁，朴秀区北洋中"。以上均可参见民国《平潭县志》所辑。当然，不管此帝子彼帝子指向何者，文本创作的起兴之处都是落在"半洋石帆"无疑，"帝子舟"明确所指就是"半洋石帆"之"双帆石"，即诗题中的"石帆"。这里，我们需探讨的是"帝子"一词的出典。

屈原《楚辞·九歌·湘夫人》有"帝子降兮北渚，目眇眇兮愁予"句，此"帝子"指的是"湘夫人"（一说是天帝的女儿，一说是帝尧的女儿），后世诗文引用多为特指，如王勃"阁中帝子今何在，槛外长江空自流"句中之"帝子"特指滕王，王维"帝子远辞丹凤阙，天书遥借翠微宫"句中"帝子"特指岐王，"前朝共说帝子舟"之"帝子"亦然。而下联出句之"浊世"一词又见诸《楚辞》之《九辩》和《渔夫》，前者是"处浊世而显荣兮，非余心之所乐"，后者是"举世皆浊而我独清，众人皆醉而我独醒"。而且，"双帆偶趁此句留"也极易让人联想起《九歌·湘君》"君不行兮夷犹，蹇谁留兮中洲"句。两相对照，石帆绝句第一首几乎是从中化出。如果说熟习《楚辞》是林淑贞前辈的才学背景，那她的创作思路大致就可以推知。由神话传说起兴，转出尘世流转之思，多少源自《楚辞》章句的启发，套在七绝创作的"起承转合"的结构里，这首诗的行文脉络便相当清晰。句中意象，有神话兵败之舟，有眼前卓立之石，有海中风波之险，有遗世独立之人，虚实相生、情景交融，而可贵的是交织得自然贴切，不落斧痕。至于说是否要依字面释义将其译出，那倒不必，原因是字面的翻译不难但远远不够。诗歌的可贵处在于兴象造境之间，简练的文本已经提供了丰富的空间与容量让人进出，妙处往往在可意会不可言说之间。况且诗无达诂，见仁见智，各随所得，别有激发。这是不译的理由，但既然名之解析，诗中的兴寄所在则需要进一步阐发。《石帆绝句三首》作为组诗联章，虽然第一首可以独立成章，但更得注意如何与下面两首羽翼相辅，桴鼓相应。

　　前文提及七绝章法有"起承转合"之说，其实这与"诗意贵开辟"同理，见诸《诗人玉屑》："凡作诗，使人读第一句知有第二句，读第二句知有第三句，次第终篇，方为至妙。"又"大概作诗，要从首至尾，语脉联属，如有理词状。"我想，用这两段话对照《石帆绝句三首》，也是如此。第二首从风帆化石起兴，转入时空苍茫之思。"盖闻天地之数，有十二万九千六百岁为一元。"这是《西游记》开篇第一回之首句，原典出自北宋邵雍《皇极经世书》。"十二万年"，诗中盖指天地玄黄，宇宙洪荒。而造化之工，刻石为舟，沧海横渡，日月西东。读《石帆绝句》第二首，很容易使人想到张若虚《春江花月夜》诗句："江畔何人初见月？江月何年初照人？人生代代无穷已，江月年年望相似。不知江月待何人，但见长江送流水。"这首唐诗备受闻一多先生推崇，称之为"诗中的诗，顶峰上的顶峰"，原因是诗中"迥绝的宇宙意识"。宇宙者，时空也。我们不知道林淑贞前辈在创作《石帆绝句》第二首时是否也想到了《春江花月夜》，但其中深邃而寥廓的境界，沉着而宁静地与永恒照面的意味，异曲同工。吟诵之下，苍茫浩气，迎面扑来！如果说第一首尚有几许尘世纷扰的幽思温婉之气，至此则在天荒地老、苍茫时空的光照之下，排宕而去，洗净一空。我可以由此揣度，诗作到这个地步，诗人之勃勃胸臆此刻一定很难抑制，顺势而下，极易转出人事之感慨。这种形势，我们既可从幽婉悱恻的"十一尤"转为响亮阔大的"一东"韵，亦可从第三首不换韵，直接承用第二首之一东韵，从中斟酌出旧时诗学的声律之美与"声情并茂"的深意。曾国藩有"作诗文以声调为本"之说，在此可多加体会。

第三首还是从石帆耸峙的眼前实景起兴，首联次句"树立遥知造化功"直承第二首诗中"刻石为舟总化工"而来。"造化之工"见诸贾谊《鵩鸟赋》"天地为炉兮，造化为工；阴阳为炭兮，万物为铜"。天地若烘炉，万物不销铄？岁月催人老，男儿当自强。"末流"一词，既有"水流之下游"的意思，又有"后辈、后人"或"余绪、遗业"之意。"中流砥柱"比喻坚强如支柱之用的人或集体，就像屹立于黄河激流之中的砥柱山。《幼学琼林》卷一《地舆》篇有"独立不移，谓之中流砥柱"句。"障得百川东"出自韩愈《进学解》"障百川而东之，回狂澜于既倒"，原文借弟子之口，盛赞韩愈"抵排异端，攘斥佛老"而维护儒家学术正统之功，后世多延伸为"救万民于水火，解百姓于倒悬"等事功之颂。放在诗中，前辈则以半洋石帆耸峙大海，乘风破浪，坚若磐石之形象喻示于人，勖勉子弟、冀望后昆的用心寄慨，一目了然。诗中结联以流水句法一问一答，读来不仅有顿挫痛快之感，而且语意喷薄而出，一泻千里，犹如醍醐灌顶，催人奋发，意味深长。

在这首诗中，每次吟诵，我多在"末流"一词上琢磨再三，这是个人作为一介平潭人的乡土认知。我的玩味处，"末流"除了有"下游、后辈、遗业"诸意外，还延伸为"穷乡僻壤、海隅边陲"之意，其特指正是我们的故土海坛。这是一个历史上多灾多难、民生多艰的地方，特别是自明季以降，洪武内徙、嘉靖倭患、万历地震、明末兵燹、清初海禁，可以说，终明朝一代，人祸天灾，海坛岛几乎永无宁日。直到清廷复台而后，因缘海坛镇水师驻军岛内，平潭才迎来二百多年的休养生息，武将辈出，文教渐兴。但是，海坛岛生态恶劣，风沙为患，田地贫瘠，岛民靠海为生，出入风浪，生计艰难的境况一贯而下，即使到了林淑贞前辈的时代，乃至进入中华人民共和国成立初期（二十世纪八十年代之前），从未改变。我想，如果我们对家乡的历史颇有认知，再来温读"哑巴皇帝"的神话传说，应当有不一样的感慨。

那是一个与命运抗争的悲情故事，风沙肆虐，世道不公，身残志坚的哑童奋起抗争，屡战屡败，屡败屡战。顾颉刚说，神话是层累叠加的历史说。不错，在哑巴皇帝的神话传说里头，故事隐含的象征寓意不正是海坛岛民数百年以来的周遭写照吗？勇于抗争、开辟未来，不正是这个族群数百年以来念兹在兹的理想愿景吗？而所有这些，不也正是百数十年前林淑贞前辈创作《石帆绝句三首》的认知背景吗？现在，让我们再回过头来温读《石帆绝句》第一首，那个"遗世独立之人"的意象可以是哑巴皇帝，可以是屈原，可以是二者叠加，也可以另有所指，但必是独立不群、佼佼不凡的风华浊世之辈。如果说《石帆绝句》第一首乃神话之遥想，第二首乃时空之遐思，第三首乃人事之寄慨，交织而生，层层推进，那第三首诗中"当仁不让、勇于担当"的勖勉之语，不正是那"风华浊世"的一种呼唤与期待的回应？"斯世清浊异品，全赖吾辈激扬"，这大概是前辈的兴寄所在。

这便是我个人的理解。虽不免有入主出奴或郢书燕说之嫌，但也深怀敝帚自珍之心。我常这么评价，林淑贞《石帆绝句三首》，其诗立意高标，诗风雄健，前辈蕙质兰心，别具慧眼，尽得景致三昧，深显乡土情怀。"半洋石帆"之"双帆石"，因为这三首诗而被赋予了独特的象征意义和精神内涵。它砥柱中流、卓尔不群；它岿然不动、宠辱不惊。就像我们的海坛族群一样，一路走来，从不怨天尤人，从不萎靡不振。我们的许多先人，一生颠沛于狂风巨浪，出入于风口浪尖，受过伤，流过血。对他们来说，此生虽千难万难，无非是咬咬牙、舔舔伤，那又咸又涩的风浪凛冽如酒，仰首饮下，则化作那漫天飞扬的豪气和感天动地的笑声。双石帆可以作证！那擎天而拔的双帆耸峙，屹立不倒的不就是平潭人"当仁不让、舍我其谁"的精神脊梁！站起来则顶天立地，躺下去则坦坦荡荡。时代嬗变，风云际会，如今平潭再次站在了历史的风口浪尖，"谁谓末流无砥柱？且看障得百川东！"前辈的此中寄慨，也不啻是个伟大的预言。我辈有幸，更应珍惜时代之际遇，矢志不渝，砥砺前行。

乙未仲秋

山水的精神

——再读《石帆绝句三首》

2020年11月中旬，我和几个朋友相约去了趟武夷山。某日登天游峰，我们自陡峭逼仄的栈道辗转而上，对面即是岩骨俊俏、巍然壁立的隐屏峰。自山脚到山巅，它那恢宏庞大的体积感兀自升腾而起，激荡心胸，让人一下子想到了范宽的《溪山行旅图》中那座高耸巨硕的山峰。我想，范氏折叠在画面中的那种共时性空间，不正如我们自下而上转身俯瞰之间的历时性视角？庄严静穆之中隐含着无穷的动态。一幅山水画的空间，似乎可以拆解成许多片段式的时间，还给游观者不同站位的眼睛。而置身天游山巅，迎着隐屏峰的方向，碧水盈盈的九曲长溪掩映在群峰之下，曲折深蜿。由近至远，层峦叠嶂，平铺而开的山色一层一层地淡入遥远的天际。那里，不又暗藏着全景山水画中的"深远"与"平远"？

武夷山归来没几天，"东岚讲坛"的课轮到了我，内容是"平潭石刻掌故"下半节。这节课讲到林淑贞前辈，自然要提及她的《石帆绝句三首》。而武夷山天游峰一行的袅袅意趣显然还在，便即兴套用山水画的"三远"图式作了一番联想与分享。行或不行，对或不对，当时没多想。事后，倒觉得应将起心动念的前因后果稍作梳理，或许更妥些。我的初衷，只是想找到另一种读诗的角度，另一种的可能性。那节课上，我也讲到了林晴波，这位清末海坛的山水画大家，林淑贞正是他的堂妹。隐隐觉得，山水画的图式画理，前辈自有家学背景，定然不会陌生。

就林淑贞《石帆绝句三首》，我写过一篇《风华浊世，舍我其谁》的浅析，主要从格律、用典及兴寄指涉上着笔。文中提到的"宇宙感"一说，尚可展开谈谈。词义上，"上下四方谓之宇，古往今来谓之宙"，宇宙者，时空也。时空关系，往往是许多艺术门类都绕不开的核心问题。苏轼有"少陵翰墨无形画，韩幹丹青不语诗"句，评王维"诗中有画，画中有诗"。画偏于空间感，诗偏于时间感。苏轼言下之意，落脚点是诗画中各自的时空关系。而中国传统山水画的伟大处，至关重要的一点便是在空间中引入绵亘的时间，从瞬间凝视走向悠远自由的游观。

平远、高远、深远是传统山水画的三种图式，北宋郭熙的《林泉高致》总结为"三远"论。"三远"是构成全景山水空间结构的三个维度。我们不妨拿五代荆浩的《匡庐图》举例，这是一幅完美的全景山水图。图中右边是平远群山，遥远缥缈；左边是深远山谷，重叠深邃；而中央是高远主山，雄伟挺拔，凝聚起画面浩浩荡荡的万千气象，似乎有一股不断向上升腾的力量。

现在，我们试将《石帆绝句三首》合为一幅山水画，以作参照对读。第一首"共说前朝帝子舟"，作者的视角若横向平视，遥远的神话缥缈冲融。这相当于是平远构图，像《匡庐图》之右边；第二首"双帆饱尽古今风"，作者的视角似乎自纵深处俯瞰极目，时间是深邃无涯的渊底，漩涡般吞吐着日月。这相当于是深远构图，像《匡庐图》之左边；而第三首"千寻耸拔大江中"，作者的视角又如纵向仰望，仿佛从神话的沾溉中获取了一种对抗时间剥削的力量，生生不息，绵绵不绝，无始无终。这相当于是高远构图，像《匡庐图》之中央。

画论中的"远"，既是构图又是意境。远，是我们与世界的审美距离。因为远，故而有近，故而有大小、有今昔，乃至有虚实、有动静，等等。远，既是空间又是时间，是时空关系的层次与结构（间架）。自动静言，且不说第二首充满激昂澎湃的动感，若通过全诗字句的玩味来重建画面感，第一首关键词在"泊"，静；第二首关键词在"渡"，动；第三首关键词在"障"，"障得百川东"（百川东去，中流砥柱），动中有静，所有的动似乎都围绕着中心的静旋转，动者愈动，静者愈静。自虚实言，第一首是神话，虚；第二首是历史，即虚即实；第三首是当下（诗人的当下），实。从神话到历史再到当下，从虚到实。如果站在我们观画般的阅读角度，从诗人的当下再到我们的当下（诗人的未来），又是从实到虚的无限延展，从时间到时间的无限循环。葛康俞先生以《华严经》"动静一源，往复无际"来评价郭熙的《早春图》（《据几曾看》），可谓深谙其旨。

　　《石帆绝句三首》诗中的时间感，总体来说是不难体会的。第一首中的"前朝""于今"，第二首中的"古今""十二万年"等，都是关于时间的词，都暗示着强烈的今昔对照。再从第一首到第三首，从神话、历史到当下的虚实转换，亦如奔腾而来的时间洪流，大开大放，滔滔不绝。而"古今之风""日月西东""百川之东"这些明示上下四方的词语，其主语的"风""日月""流水"又都是极具时间感的名词，既是空间又是时间，暗示着强烈的流逝感。这样，诗中苍茫的时间感与辽阔的空间感，便形成了多重折叠交融的关系，循环往复，无际无涯。如果说这不是夐绝苍茫的宇宙感，那又是什么呢？

　　如前所述，借助"三远"画论的启发，我们把"当下—石帆"（第三首）视作一幅全景山水画的构图中心。那环绕其间的时空关系，今昔远近，虚实动静，则犹如运动不息的漩涡流，在时间中涌出空间，在空间中充溢时间，相互激发，相互伸展，共生共存。

综观《石帆绝句三首》全诗，自结构布局言，若没有"平远"（第一首）与"深远"（第二首）的反衬与映照，显然无法彰显"高远"（第三首）的凝聚力、向心力与崇高感。这是"先定气势，次分间架"（王原祁语）。自气韵形神言，若没有诗人抗心千秋、高滔八表的想象力，以及对山水含英咀华、超乎象外的观照，自然景观也无从升华为人文的精神高地。这是"远取其势，近取其质"（郭熙语）。诗中旨趣，极富全景山水画的创作理路。

故而，从这个意义上读林淑贞《石帆绝句三首》，所谓山水，那是精神的山水；所谓精神，那是山水的精神。这三首诗，俨然是一幅海坛族群的精神图景。它以浩瀚磅礴又萧疏清旷的气象与境界，表达出"歌于斯，哭于斯，聚族于斯"的海坛岛民的一种族群信仰。

壬寅冬月

图 27　石牌洋

竹鸣四题

清咸丰某年秋，应廪贡生林瑞凤柬请，适逢休沐，时任兴文书院山长的榕城举人陈仁这日批阅过生员的制艺诗赋，早早用过午膳，吩咐童仆简单打点行装，长衫布履，步出书院，自大路顶出平潭城关。

金峰寺的林坞幽静，三十六脚湖的波光浩渺，六桥的清溪潺湲……秋高气爽，风和景明，沿途风光殊异，景色宜人。终日埋首于经史子集的陈举人难得出趟远门，虽然路途颇远，一路翻山涉水，竟也逸兴遄飞，毫无倦怠之感。日晷渐移，不知不觉转过笔架山下的任厝村口，天大山在望，林贡生和兄长瑞宾率族中子弟正相迎而来。

图28 卧云山房

天山美村能在平潭境内闻名，自是因为林氏父子。林瑞凤的父亲林云衢，本名家洪，字启范，号寿田，是个质直好义的读书人，当初家中析箸分产，他把自己名下的四十石租谷悉数捐出，独立经营学舍，创办书塾，一意劝勉子弟以读书明理为第一义，天山美林氏一门自此学风蔚然，俊彦辈出。某年，有邻村周姓妖人，坑蒙拐骗，蛊惑愚民，致使数十家破产。林云衢挺身而出，设法请官捉拿，乡患始遏，其乡行义举声闻遐迩，深为族人倚重。晚年在家自课子孙，种树莳花，怡情养性，颜其斋为"卧云"，号其园为"竹鸣"。咸丰七年（1857），次子林瑞凤入贡，卧云山房与竹鸣园便在海坛学界广为人知，自成一景了。

陈仁山长的来访自然是得到林氏父子的盛情款待。在这位福州举人的眼里，林氏父子的温良恭俭让他既熟悉又亲切，而竹鸣园的风致更让他心胸豁朗。站在林宅门前开阔的埕地，放眼而去便是弧线曼妙的澳口，海潮从东西相挟的山丘深入腹地，仿佛探手而入的巨臂，把千顷碧色牵引了过来，阳光西斜，粼光浮动。那时的天山美只是个小村庄，十几户人家簇拥在澳口东北的丘地上，林宅位处村子东沿的半坡，坐北朝南。一条溪流自东边丘壑蜿蜒而下，缓缓跌落，恰好从林宅之下环绕而过。寿田老先生大致以此为界，将宅地东侧的数亩坡地经营成他的私家园林。

"宅傍与后有隙地可葺园，不第便于乐闲，斯谓护宅之佳境也。"明季计无否的《园冶》陈仁是读过的，咸丰元年（1851）他秋闱报捷意气风发，此后两上公车却铩羽而归，转眼光阴飞度，年过壮岁，父母渐衰，遂绝意进取。迫于生计，年前奉文赴岚，执掌兴文书院。榕城、海坛两地陆路过百里，水程又数十里，水陆不便，难得回家一趟。抛妻弃子，孤身客寓，自有其不为人知的孤寂与无奈。所幸结识了岛中学界精英施天章、林瑞凤诸人，时有往来，嘉会雅集，多少消解去几分乡思之苦。平日，除了主持书院课程，讲学批文，闲暇之余，把随身携带的《靖节先生集》《王右丞集》《小窗幽记》诸卷册反复翻阅，林泉之思，田园之念，萌然渐生。今日竹鸣园一游，正好是撞在了自己心上。

在陈仁看来，竹鸣园的经营之妙，正在于因地制宜，顺势而为，无模山范水之负担。既无须开池浚壑，也无须理石挑山，山石池壑皆乃天然安顿，自然而然。竹鸣园地处半坡，园后坡地百步内逐渐抬高，山体赫岩犹如瀑布下泻，如墙似垣。沿着山坡东侧，中间一巨石矗立如仆，南边一巨石则孤峙如坐佛——寿田老先生称之为"古佛"，其上小下大，峭然玲珑，状如佛陀盘足，袈裟垂地，衣褶依稀如画——这一点陈仁并没有看得真切，不过古佛石最妙的地方倒是盘足处的开豁处，平坦如床，容得一张草席平铺，坐二三人弈棋品茗尚显宽绰，实乃"天然石床"也。瑞凤说，小时候，他们兄弟仨可是经常在石床上诵读经书。儿时那些夏夜，他们玩累了就靠在石床上睡着了，然后寿田先生便一个个地把他们抱回里屋。现在，时常在石床上玩累了睡着的已经是他们的儿侄辈了。

图 29　古佛石床

是的，诚如寿田老先生所云，这园子他拾掇的不过是花花草草而已。园中的那棵榕树是他年轻时种上的，迄今有三十余年了，树冠参天，枝繁叶茂。树下置几张石凳、石椅，供夏季纳凉之用。往溪中撒入些许莲子，年年都是一池的绿荷红菡萏。四周植竹为篱，间以幽兰、黄菊、海棠、杜鹃之属，便是四季常青、花开次第的光景。榕树之下后来添了一间别榭，兼作书斋，置楹联"松际窥人孤嶂月，山中留客半床云"，用的是明才子徐熥鼓山即景之句，上题"卧云"，聊以自洽。说的都是些大实话，只是陈仁心里明白，在民生多艰的海坛岛上，能够这般旷逸自适的并无几人。有财力者不乏其人，有雅兴者则凤毛麟角。当晚，陈仁便寓宿这"卧云山房"的别榭书斋。

时近三更，窗外明月中天，清辉泻地，村庄已渐渐沉入梦乡。一阵阵海风从澳口那边吹来，大榕树应声而动，哗哗作响，疏疏朗朗的竹林子在地面上摇曳出碎碎的银光。溪水汩汩幽咽，虫蛩远近时鸣，那些草虫似乎正从流水边悄悄爬近了窗口。客身羁旅，主人盛情，这样的夜色令陈仁睡意全无，山居清雅，冉冉诗情，亦如今夜园中的月色朦胧浮动……

光阴倏然，白云苍狗。如今我们再度来游，此地早已破败不堪，荒芜多年了。老宅人去楼空，半边厢房倾塌得留下一堵斜立的危墙，大门紧锁。别榭书斋只剩有残垣断壁，昔日的园中乱石扎堆，蔓草丛生。园子东边的山坳辟出了一片农田，曾经的溪流变成田埂边的小沟，听不出水声了。最易识别的还是那爬着青苔的佛石，以及铺着落叶的石床，而现存这棵根系遒劲、抱石而长的大榕树枝繁叶茂，冠盖参天，据说已非原物。原来的那棵老榕若在，算算至少得有一百五十年的树龄了。二十世纪的五六十年代，村民伐树当薪。最后，连同树下的石几、石凳，以及一口古井，或被遗弃，或被掩埋，逐一没入烟尘，随风而散。如果说石有灵性、屋有记忆，百五十年前的那个月夜它们应该记得吧？那位清癯的福州举子正坐在园子的斋舍里挑灯研墨，展纸铺毫。

那夜，陈仁留下的四首绝句便是《竹鸣园四景吟》——

其一《石床卧月》：

一峭立如壁，空床寒月色。
高枕本无忧，贞心况比石。

其二《莲沿清泉》：

小沼一湾曲，涓涓引线泉。
此心净如水，有说继周莲。

其三《晚径寒菊》：

晚节傲风霜，三径护持久。
屐声门外喧，白衣人送酒。

其四《榕树秋涛》：

陡作不平鸣，半空风雨声。
开窗树下望，明月已三更。

简而言之，这四首小诗格调清绝，字里行间优游不迫、冲和淡泊的风致流韵不难体会。从句法与用事论，作者追摹陶、王笔意与意境的用心也容易看出。清代诗坛流派群峰标异，如王士禛的"神韵说"、沈德潜的"格调说"、袁枚的"性灵说"等，由此催生出影响甚广的拟古风气。以陈仁创作的时代背景视之，自有其追根溯源的推敲空间。浅的说，前三首古绝体制的选择似乎即是拟古之风的反映。深的说，"神韵""格调""性灵"之说对其创作四绝句影响何在呢？此类探讨，我无意纠缠，一是不愿，非我兴趣所在；二是不能，非我学力所及。我能从中汲取与分享的还是个人的理解与感动，虽然，这种理解与感动并不见得有什么新颖或高明之处。

竹鸣四题，对应四景。貌似写景，实乃写人兼写情。《石床卧月》《莲沿清泉》二题，一说"贞心"，一说"净心"，一借石喻，一借莲喻。诗中所指都是对寿田老先生的钦佩与敬仰。我们说"知人论世""读其书而知其人"，换言之，游园赏石亦然。竹鸣园的经营正是寿田先生处世、志趣的安放与抒发，这一点陈仁感同身受，一眼看透。而就诗论诗，我倒觉得这两题下笔过于浅直，虽然起承转合轻巧自然，但申发的情愫与意蕴不足，意境逼仄，尺度太紧。

而后两题则不然。先看《晚径寒菊》一题，这首古绝用的是陶渊明的两个事典。前二句用《归去来兮辞》之"三径就荒，松菊犹存"文意。后二句用"王弘送酒"之事，南朝宋檀道鸾《续晋阳秋》载："王弘为江州刺史。陶潜九月九日无酒，于宅边东篱下菊丛中摘盈把，坐其侧。未几，望见一白衣人至，乃刺史王弘送酒也，即便就酌而后归。"沈约《宋书·隐逸传》亦有所记。数典为工、博雅见长是古典诗文创作重要的修辞传统，在这首绝句中，这两个事典的交融应用，不仅是就菊写菊之独傲秋霜，更是以菊写人之从容淡定，既是映射主人之风雅高致，也是诗人自况自勉之期许。君子之交，其淡如菊。王弘与陶潜二人，诚如是。而今日陈仁客寓海坛，得林氏父子推心相待，这份情谊亦如淡菊幽香，让身在他乡为异客的他有所慰藉。我们说用典的贴切与巧妙，正是能够在短小的篇幅中营造并拓展出多义而丰富的意境空间，供人出入其间，玩味再三。

再看《榕树秋涛》一题，这也是四题中唯一的律绝。"不平鸣"，出自韩愈《送孟东野序》之"大凡物不得其平则鸣"句。"草木之无声，风挠之鸣。"秋风飒飒，树木响应，如作涛声。曾几何时，潜心功名的陈仁科场失意，何尝不为怀才不遇而愤愤不平呢？只是屡屡受挫之后，渐渐对时局纷扰、官场混浊心生厌倦，慢慢便熄灭了进取之意。而今想来，竟也恍若隔世。"陡作不平鸣，半空风雨声。"一个"陡"字，一半隐含着几多身世周遭，一半纾解去几多感慨幽叹。

在这竹鸣四题的最后一题，诗人笔锋一转，自外而内，直面本心。"开窗树下望，明月已三更。"画面宁静淡远，宛若摩诘诗风。如其《竹里馆》一绝："独坐幽篁里，弹琴复长啸。深林人不知，明月来相照。"我们把这两首诗放在一起读，以动见静、动静相生的句法转承与空灵恬淡的意境几乎可以相互映照，异曲同工，皆可谓"每从不着力处得之"、非禅而禅的佳制。宋人叶梦得评谢灵运名句"池塘生春草，园柳变鸣禽"说："世多不解此语为工，盖欲以奇求之耳。此语之工，正在无所用意，猝然与景相遇，借以成章，不假绳削，故非常情所能到。诗家妙处，当须以此为根本，而思苦言难者，往往不悟。"（《石林诗话》卷中）

"无所用意，猝然与景相遇。"善哉斯言。借之以反观此题，亦可谓是单刀直入、直截根源。前人论诗，每每推崇"意得笔先，神行象外"，我想此题可以为例。只是，我们不该忘了，世事纷扰，如若不能自红尘三千处转身，回到本心、回到自然，如何以淳古淡泊之音抒写山林闲适之趣呢？如何能将自我安放在明月清风、远山近水之间，在渺无边际、两端茫茫的空灵处寻得安慰与喜悦呢？也是宋人的罗大经说得好："此虽眼前语，然非心源澄静者不能道。"前人之见，诚不我欺。

　　诗有"可解，不可解，不必解"之说，我想是对的。读诗有时候是很个人的事，就像《竹鸣四题》对笔者的意义。旧地重游，涵泳诸诗，我们可以借之以重返百年前的那一个月夜，那一场燕饮雅集，再次亲近前辈乡贤的风雅，感受人际交情的温度，乃至聆听一场心灵与自然的对话，不是吗？

　　　　　　　　　　　　　　　　　　　　丙申仲秋

琉球的悲歌

在平潭民间，猫头墘驸马墓广为人知，其故事流传久远。其事记在民国《平潭县志》卷八《名胜志》："驸马墓，在朴秀区猫头山麓，嘉庆十九年（1814），琉球国中山王遣其婿及其大夫护贡入闽，遇暴风，船触和尚礁，婿与大夫俱溺，尸骸浮积，官为收埋，立碑志之。"二十世纪九十年代，平潭学界前辈刘舜耕曾撰文《平潭琉球墓群及其史实》（《平潭文史资料第九辑》），指出"琉球墓为合葬墓，至于说琉球国其婿溺死证据不足，此处墓葬应称为'琉球墓群'较为合理，不宜称为'琉球驸马墓'"，此说甚确。不过，文中考证遇难时间为"嘉庆十二年（1807）十月二十七日"[1]、遇难人员"溺死至少67人"及遇难船为"护贡船"均与史实颇有出入，应进一步予以厘清。

嘉庆七年（1802）七月，琉球国中山王尚温身故，世子尚成署理国事，未及受封，又于嘉庆八年十二月病卒[2]。中山王世孙尚灏署国，照例遣使西渡，请表袭封。嘉庆十二年七月，嘉庆皇

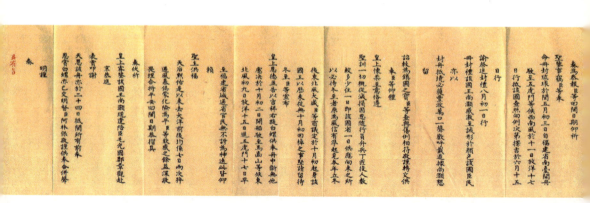

图30　册封琉球使齐鲲等奏报回闽日期事

帝任命翰林院编修齐鲲、工科给事中费赐章担任正、副使并筹措出使琉球事宜。

该年九月，尚灏差委正议大夫蔡邦锦、都通事阮文光等，带领接贡定例官梢与接封加增跟役共 105 人，驾海船一只，前往福建恭迎册封使节并接回上年进贡使臣。是故，该船应称"接贡接封船"为妥，而非"护贡船"。是月初十日，该船由琉球国马齿山解缆开航，在洋半途遭遇大风，船篷损坏，十月初三日飘至海坛观音澳地方。时署平潭同知候补知府于天泽、代理海坛镇左营游击候补守备何文上闻讯后，随即督同营员将该船牵进澳内并代修船篷，另选择紧要官员蔡邦锦及跟伴共 12 人，由陆路先行护送至省城。

其时，蔡牵海匪集团纵横肆虐，闽浙洋面情势严峻。闽浙总督阿林保尚在浙江督缉洋匪，福建巡抚张师诚接到事故文报，查福建水师提督张见升远在兴泉（今莆田泉州）洋面堵缉海盗，南澳镇总兵王得禄一帮兵船在台海剿匪，亦未内渡，福州五虎门洋面只有闽安协副将徐涌的兵船正在巡防，便飞檄饬令徐涌带领兵船就近赶赴海坛。而徐涌十月十六日接到张师诚委札后并未即刻动身，经催促，仍以现带兵船仅有 7 只为由，禀请添派兵船帮同前往护送。而后几经催令，直至十月二十七日才从竿塘（今连江马祖）洋面南下，而海难早在两天之前已经发生了[3]。

十月十七日，琉球接贡接封船总管舵工见有西南顺风，径直开驾出洋，不幸再遭大风，船只寄泊立屿洋面[4]。而连日风雨交作，浪涌如山，船桅吹断，小船不能往救。至二十五日夜四更，该船飘至海坛钟门洋面，撞礁被击碎，全船官伴同王府执照、接贡公文、银两、土产货物尽数沉没。其中，接封伴梢比嘉等 8 名、接贡伴梢牧志等 22 名以护板泅水登岸得救，其余都通事阮永光等 3

员、伴梢 60 名，并内地舵工杨发 1 名共计 64 人悉被淹毙，续经捞获尸身 37 具，备棺就地掩埋在猫头墘后山并立碑标记 [5]。因讹传有琉球驸马同船遇难，故民间俗称"琉球驸马墓"。1988 年 6 月，该墓园列为平潭县第一批文物保护单位，现场收集了五块墓碑，其中三块较为完整，藏于县文化馆文物室 [6]。

图 31　猫头墘琉球人墓

　　事发之后，嘉庆皇帝谕令给银千两作为琉球使臣回国雇船资用，另给银五百两抚恤遇难的 63 人家属。又因随船携带备办迎接册封仪制所需应用物件的官银五千两亦悉数沉失，嘉庆皇帝谕旨加恩赏给库项银二千五百两，其余银二千五百两由福建督、抚、司、道大员捐资发给，均免其缴还，以示朝廷怀柔之意。对于接护延迟的水师副将徐涌，上谕"仅予革职，尚属轻纵。徐涌着革职发往乌鲁木齐效力赎罪"，对于"夷船开出澳口放洋阻止不力"的于天泽与何文上二员，"着交吏、兵二部严加议处" [7]。辗转次年，即嘉庆十三年（1808）闰五月，正、副使齐琨与费锡章出使琉球，册封尚灏为王。

　　刘舜耕前辈的文章中，曾转引了《米久村系家谱——程氏家谱》的一段记载："嘉庆十三年七月初四日，叨蒙皇上怜其淹死，赏银五百两，接封正议大夫蔡邦锦交领带回下库理，每人分赐银子七两九钱三分六厘五毫。"逝者长已矣，生者常戚戚。"每人分赐银子七两九钱三分六厘五毫"，成了这起海难至为沉痛的一笔尾注。

其实，在中琉两国长达近五个世纪的交往史中，这样的海难事件并非偶见。自明永乐二年（1404）至清同治五年（1866），明清两朝与琉球一直维持着宗主、藩属间的封贡体制关系。中国方面，先后派遣使节册封琉球国王共计 23 次（其中明朝 15 次，清朝 8 次）；琉球方面，明清两朝基本维持着两年一贡的贡期制度，有时甚至更为频繁[8]。而与朝鲜、安南诸国不同，琉球远在东海外围，无论是册封还是朝贡，封舟、贡船都要冒着狂风巨浪之险远涉重洋，船只遭风漂洋事故时有发生。

就在嘉庆十二年（1807）的这次海难之前，琉球贡船已经两度发生飘风事件。一次是上年（1806）十月，两只贡船一只飘到台湾凤山收泊，一只飘至澎湖洋面冲礁而碎，贡品行李俱沉，所幸人员遇得渔船救护逃生。一次是嘉庆八年（1803）正月，琉球国二号贡船在洋遭风，飘至台湾大武仑洋面被击碎，贡物行李尽数沉没，人口幸无伤损[9]。据日本学者赤岭诚纪《大航海时代的琉球》一文统计，明洪武至崇祯年间（1368—1644），琉球国进贡船飘风事件 20 起，死亡 767 人；清顺治至光绪年间（1644—1908），进贡船飘风事件 65 起，死亡 1068 人。如果加上一般船舶的飘风事件，清代另有 337 起，难民 5680 人，死亡 680 人[10]。其中骇人听闻的重大事件，除嘉庆十二年海难，还有康熙六十一年（1722）海难，该年两只贡船沉没，死难者多达 206 人（包括两名贡使与三名官生）。由于平潭地处中琉航路，遇风飘至平潭的琉球难船屡见不鲜，查采薇阁汇编的《申报》中的平潭档案，光绪十年（1884）、十一年（1885）便有两起，所幸人员无虞，遇难船只也都得到平潭地方官民救助，赏给钱米食物并妥善护送至省城安置。可以这么说，在明清数百年的历史里，号称"海上马车夫"的琉球人以生命为梯航,维系着中琉之间这条海上丝路,成千上万的琉球人为之葬身大海。我想,不管琉球是出自经济利益的实际需求,还是借助册封制度,"对内凝聚社会向心力,对外牵制日本萨摩藩的侵略与支配"[11],琉球人的勇气、进取与牺牲精神都值得世人敬仰。

只是,在近代中国内忧外患的屈辱处境下,面对虎视眈眈的强邻日本,作为大清藩属的琉球国终究没能摆脱亡国的命运。在民国《平潭县志》另一段海难事故的记载里,则隐藏着琉球人更为沉重也更为深切的悲痛。"光绪庚辰(1880),琉球为日本侵扰,遣王族按司向有德求救。船遭飓风,飘覆朴秀区长江澳,赉良率族人救护。事闻于官,总督何特颁'急公好义'匾额旌之。"[12]其中的"赉良"是清末海坛名媛林淑贞的大哥林濬绣,"总督何"是当时的闽浙总督何璟,而向有德是琉球王族,官阶为宗室按司。

事情需从光绪二年(1876)说起,因上年日本阻贡(即光绪元年日本强行阻止琉球向清廷进贡受封,同时要求琉球改用明治年号等[13]),琉球国王向泰密遣紫巾官向德宏、通事蔡大鼎与林世功一行赴中国求救。次年,向德宏一行到达福州后,立即向闽浙督抚递交国王密咨。随后,刚刚走马上任的驻日公使何如璋奉命与日方交涉。光绪四年(1878)七月至十一月,何如璋与日方进行了近五个月的谈判。谈判之中,日方一味避重就轻,虚与委蛇,只是揪着何如璋与副使张斯桂联署的照会措辞大做文章,顾左右而言他。而就在双方交涉之际,光绪五年(1879)四月,日方悍然出兵琉球,废国置县(冲绳),将国王向泰及世子掳往东京,琉球国灭亡。

当消息传到中国,一直滞留在福州的向德宏再也坐不住了。他们一行剃发乔装风尘仆仆地赶往天津,向北洋大臣直隶总督李鸿章及总理衙门、恭亲王奕䜣各处请愿救援。光绪庚辰,也就是光绪六年（1880），当向有德一行历经艰辛、死里逃生抵达中国求救，身在天津的向德宏诸人已经向清廷苦苦哀求了一年无果。等待他们的，一者无非还是向有德带来的国王向泰的求救信，二者却是李鸿章主持谈判而草拟的无异于宣判琉球亡国的"分岛方案"。光绪六年十月十八日，极度愤慨的通事林世功留下两首绝命诗并一道禀词，在当日辰刻（8 点）含恨自杀殉国，以示抗议，时年 38 岁。他在禀告总理衙门奕䜣的请愿书中声泪俱下："功奉主命抵闽告急，已历三年，不图敝国惨遭日人益肆鸱张，一则宗社成墟，二则国主世子见执东行，继则百姓受其毒虐，皆由功不能痛哭请救所致，已属死有余罪。然国主未返、世子拘留，犹期雪耻以图存，未敢捐躯以塞责。今晋京守候又逾一载，仍复未克济事，何以为臣计？惟有以死泣请王爷暨大人俯准，据情具题，传召驻京倭使，谕之以大义，威之以声灵，妥为筹办还我君王，复我国都，以全臣节，则功虽死无憾矣……"[14]

林世功的自杀多少触动了李鸿章的恻隐之心。在其后的奏折里，李氏称："查向德宏自去秋踵门求救，泣涕出血以后，鸿章即妥为安置署西大王庙内。伊屡来乞援，愧无以应，令人劝其回球，或赴他处，亦苦守不动。闻资斧告匮，日食不继，量加济助，而不忍数数接见之也。其忠贞坚忍之操，视申包胥殆有过焉。"[15] 春秋时期的楚国大夫申包胥"哭秦廷七日"，可以感动秦哀王出兵救楚。可是，在风雨飘摇的晚清时局下，向德宏等人并没有像两千年前的申包胥那么幸运。形势比人强，此时清廷的处境，无异于泥菩萨过河，正自顾不暇，左右为难，"今则俄事方殷，势难兼顾。且日人要索多端，允之则大受其损，拒之则多树一敌，惟有暂从缓议"。最后，李鸿章的办法就是"臣愚以为日本议结琉球之案，暂宜缓允"[16]。这个"暂宜缓允"，便是二战之后冲绳主权地位悬而未决的根源所系。

　　向德宏、向有德这批琉球人最后都留在了中国，包括先前的
进贡正史毛精长与后来的紫巾官向龙光等60余人。他们终其一
生为琉球救亡奔走，请愿呼救，矢志不渝，最后都带着背井离乡、
报国无门的亡国之痛客死中土。他们中的通事蔡大鼎是琉球国的
一流诗人，留有《闽山游草》正、续集共342首诗歌。他的那些
去国怀乡的诗作，今天读起来，依旧令人隐隐生疼，为之潸然——

　　今朝试问大边月，千里球阳一样清。静坐虹桥吟啸处，长江
流水感浮生。

　　不识桥东水，会流到中山。低头添别泪，何日故乡还？

己亥暮春

注：

[1]　刘舜耕《平潭琉球墓群及其史实》原文为："为此，琉球国贡船在海坛
　　　岛洋面遇难时间应为嘉庆十二年（1807）十二月二十七日为准。"考上
　　　下文，"十二月"应为"十月"笔误。原文载于《平潭文史资料（第九
　　　辑）》。

[2]　《历代宝案》二集（嘉庆十二年）卷一〇二（2-102-3），第541—542
　　　页。另，《清史稿》卷五二六属国一载："（嘉庆）十二年，王尚温
　　　薨，世子尚成署国事，未及受封，病卒。"该条时间误。

[3]　《历代宝案》二集（嘉庆十二年）卷一〇三，第572页。刘舜耕《平潭
　　　琉球墓群及其史实》一文引《米久氏家谱》有"十二年派正议大夫蔡
　　　邦锦、渡具知亲云上接封，接贡船于九月二十三日由那霸开船，十月
　　　二十七日在海坛地方船坏身故"。据冲绳县教育厅文化财课史料编集班
　　　专门员山田浩世先生核实，应为《米久村系家谱——程氏家谱》，原文
　　　为："嘉庆十二年丁卯二月，为勤学事随接贡接封正议大夫蔡邦锦渡
　　　具知亲云上九月二十三日那霸开船，十月二十七日在海坛地方破船身
　　　故。"开船时间地点应以《历代宝案》为准。

[4] 立屿，《福建省海域地名志》记为："笠屿，又名海坛石，别名剌礁，北纬25°45′，东经119°48′，在平潭县海坛岛北突出部10公里，长乐县东洛岛东13.5公里，为远离大陆孤立的小岛。清光绪《八省区水道图》音译为那尔登山。民国版《平潭县志》载'笠屿滩'。海图标'立屿（海坛石）'。形似斗笠，故名。"

[5] 《历代宝案》二集（嘉庆十二年）卷一〇三，第575页。

[6] 据刘舜耕《平潭琉球墓群及其史实》，"（平潭县文化馆）今收藏三块墓碑，阴刻横行国名、竖行职务、姓名等，分别为'琉球国那霸府大夫□□内嘉年川子□□''琉球国那霸府接贡船□□新垣筑登之□□''琉球国久茂丸川五里阿波连筑登之寿墓'"（《平潭文史资料》第九辑）。据山田浩世先生核实，现存墓碑如下：1.（琉球）国那霸府大夫□□……□内嘉手川子□□……□；2.琉球国那霸府接贡船新垣筑登之亲云上；3.琉球国久茂丸川五主阿波连筑登之；4.（琉球国）□□……□事久米府□□……□（亲）云上。

[7] 《历代宝案》二集（嘉庆十二年）卷一〇三，第577页；《清代中琉关系档案五编》军机处上谕档303，第461—462页；《清仁宗实录》卷一八八"嘉庆十二年丁卯十一月乙丑"条。

[8] 〔清〕周煌《琉球国志略》卷三《封贡》；《清史稿》卷五二六《属国一》。

[9] 《历代宝案》二集（嘉庆十二年）卷一〇二，第531页；《清代中琉关系档案五编》内阁起居注77，第168—171页。

[10] 转引赖正维《清代中琉关系研究》第四章，第159页。

[11] 赤岭守《琉球国王的册封与册封使》，载于《故宫文物月刊》第362期。

[12] 民国《平潭县志》卷二十九《孝友传》。

[13] 西里喜行《琉球救国请愿书集成》第一、二封。

[14] 西里喜行《琉球救国请愿书集成》第十四、十五封。林世功留下的两首绝命诗，其一："古来忠孝几个全，忧国思家已五年。一死犹期存社稷，高堂专赖弟兄贤。"其二："廿年定省半违亲，自认乾坤一罪人。老泪忆儿双白发，又闻霪耗更伤神。"

[15] 《李文忠公全集》译署十一37。

[16] 《清史稿》卷五二六《属国一》。

南明海坛

公元 1644 年，即明崇祯十七年、清顺治元年，这是中国历史上明清两朝的终始接替之年。该年五月，明福王朱由崧在南京即位，改元弘光。次年（1645）五月，清兵破南京，弘光亡。闰六月，明唐王朱聿键在福州改元隆武，明鲁王朱以海在浙江台州称监国[1]。1647 年八月，清兵入闽，隆武亡。十月，明桂王朱由榔在广东肇庆称帝，改元永历。这个南明小朝廷在颠沛流离中苦苦支撑了十五年。1661 年（即清顺治十八年、永历十五年）十二月，流亡缅甸的永历帝被俘，次年四月遇害。而活跃在东南沿海的郑氏军事集团（以郑成功、郑经父子为首）仍奉永历朝为正朔，收复台湾，坚持武装抗清，直至 1683 年（即康熙二十二年、永历三十七年）闰六月，施琅率师征台，郑氏兵败降清，明祚告终。在史学研究中，我们常常把公元 1644 年至 1683 年这前后四十年泛称为"南明时期"，其间历经了"四帝一监国"，即福王弘光帝、鲁王监国、唐王隆武帝、绍武帝朱聿鐭、桂王永历帝以及明郑政权时期。

本文关注的焦点是，在这段战火频仍、风云变幻的历史时期里，地处东南沿海的海坛岛经历过什么呢？

一、唐王隆武时期

1645 年（乙酉，顺治二年）闰六月，明唐王、鲁王先后在闽、浙两地组建了小朝廷，随即便因"互不奉诏"，彼此龃龉倾轧，形同水火。

　　唐王方面，以拥兵翊戴之功，晋封郑芝龙为平国公，加太师，其弟郑鸿逵、郑芝豹为定国公、澄济伯，其侄郑彩为永胜伯。九月，郑芝龙向隆武帝引谒其子郑森，帝抚其背曰："恨朕无女妻卿。当尽忠吾家，无相忘也。"遂赐姓朱，名成功，自此人称"国姓爷"，次年三月封忠孝伯。南安石井郑氏"一门声势，赫奕东南"。很快，因郑芝龙的妄自尊大，导致隆武朝文武不合、君臣不睦；加之前明降臣洪承畴以"三省王爵"利诱，手握闽省兵马钱粮的郑芝龙决意投降，密谕仙霞关守将施天福撤防，自己退保安平（今隶晋江南安）。1646 年（丙戌，顺治三年）八月，仙霞失守，清军入闽，孤独无靠的隆武帝决定出奔江西，不久殁于闽西汀州。

　　然而，郑芝龙降清并未得到其他家族成员的支持，如其弟郑鸿逵，声称"此弟深为兄所不取也"！其子郑成功不仅牵衣哭劝，并且上书苦谏："从来父教子以忠，未闻教子以贰，今吾父不听儿言，后倘有不测，儿只有缟素而已。"当郑芝龙命令其侄郑彩执拿鲁王献清时，郑彩佯装应承但实则不与同降，并匿藏保全鲁王。在郑氏家族之外，极力劝阻郑芝龙降清的还有周鹤芝、朱永祐等人。

　　周鹤芝，字九元（一作号九元）[2]，福清榕潭（今福清市龙江街道榕潭村）人。早年入海为盗，与日本三十六岛岛主中实力最雄的撒斯玛王结为父子关系，往来日本，纵横海上。后接受明朝官府招抚，授任黄华关（今属浙江温州乐清）把总，负责稽查过往商舶。1645 年（乙酉）秋，唐王朱聿键在福州称帝后，周鹤芝获封水师都督，进封平海将军，并应肃虏伯黄斌卿的奏请，协助其驻屯舟山。二人关系虽为正副职，但性情各异，"斌卿为人猜忌，鹤芝慷慨下士，来者多归鹤芝"[3]。是年冬，周鹤芝遣人赴日，向撒斯玛王痛诉中国丧乱，欲借其师，"以齐之存卫、秦之存楚故事望之"。时掌日本政权的幕府大将军慷慨应允，并约定明年四月发兵三万，一切战舰、军资、器械均由日本自给，可供大军数年之用。同时决定自长崎至东京的三千里的驰道桥梁、驿递公馆重为修葺，以待中国使臣。"鹤芝大喜，益备珠玑玩好之物以悦之"，并以参谋林簮舞为使，计划次年四月十一日东行。临行之际，不料横遭黄斌卿阻止，传话大司马余煌来书，称"此吴三桂乞师之续也"，周鹤芝一怒之下，返回闽省[4]。

随后，黄斌卿状告周鹤芝盗取舟楫火器南来，隆武帝诏令鹤芝归还舟山，诸镇将领纷纷为之不平。适逢尚书张肯堂正组军北征，举荐周鹤芝"善用海，有兵千人，船五十余号，乞隶臣麾下自效"，命其率水师前军出师苏松（按，苏州府与松山府），以赵玉成、朱永祐监军。其时，清廷以博洛为征南大将军大举进攻浙江，而郑芝龙正与洪承畴暗通款曲，从中梗阻，"军资、器械并饷三万尽为芝龙所取"，致北征计划流产。张肯堂自己募得六千人屯于鹭门（今厦门），周鹤芝所部则滞留沙埕（今福鼎沙埕镇）。芝龙将降，檄召周鹤芝南下，相约会于安海郑氏老家，周鹤芝应召率师南还，屯兵鹭门，遇到张肯堂后始知郑氏阴谋。周鹤芝闻讯大惊，偕朱永祐、参谋林簮舞赶赴安海（一作东石，今均属泉州晋江）拜见郑芝龙，流涕而谏，鹤芝曰："某海隅亡命耳，无所轻重，所惜明公二十年威望，一朝堕地，为天下笑。请得效死于前，不忍见明公之有所举动也。"抽刀自刎，芝龙夺之。林簮舞也当面力陈降虏八不可，芝龙亦不听。事后，朱永祐与周鹤芝密谋遣客刺杀郑氏，安排常熟勇士赵牧往见芝龙，"诡称欲降北自效，彼必相亲，乘隙击杀之，以成千古名"。可惜赵牧屡屡不得通谒，郑芝龙已匆匆北上。不久，隆武崩殂的消息传来，张肯堂悲痛欲死，周鹤芝劝之曰："封疆之臣，封疆失则死之。

今公奉使北伐，非封疆也，不如振旅以为后图。"于是，张肯堂因依其军，随周鹤芝、朱永佑等移师海坛。[5] 以上便是周鹤芝率部进驻海坛岛的历史背景及情由曲直。

二、鲁王监国时期

这是该年九月之后的事。也就是说，周鹤芝、朱永佑、张肯堂、林簪舞等移镇海坛，时在 1646 年（丙戌，顺治三年）年底。

在周鹤芝到达海坛之前，郑彩拥戴监国鲁王朱以海入闽，也曾在海坛岛短暂停留过。其间，清军舟师渡海出攻，郑彩不敌，撤到厦门后辗转奉鲁王驻扎长垣（今马祖列岛）[6]。次年（丁亥，顺治四年）正月，鲁王在长垣誓师举事，提督杨耿、总兵周瑞皆率师来会。鲁王加封郑彩为建国公，其弟郑联为定远伯，张名振为定西侯，杨耿为同安伯，周鹤芝为平夷伯，周瑞为闽安伯，阮进为荡湖伯。[7] 二月，周鹤芝与张肯堂出师攻下海口、镇东二城，以参谋林簪舞、总兵赵牧驻守。三月十八日，攻闽安，无果。五月，清兵复取海口，林簪舞、赵牧战死，周鹤芝退守火烧屿（原平潭北厝火烧港），辗转移镇沙埕，再遣义子林皋随安昌王恭楷东渡日本乞师求助，最终不得要领而还。七月，鲁王亲征，会合郑彩、周瑞、周鹤芝、阮进之师进攻福州，败绩。十月，周瑞、周鹤芝等率师攻克福清、长乐、闽清、永福四县。[8] 今平潭境内龙江馆林林氏一支即为林簪舞后人，民国三十五年（1946）修建撰题的《馆林宗祠记》载："迨清师入关，吾宗耻臣异族，先世祖簪舞于阶公率族与总兵赵牧扼守龙江，勠力勤王。监国鲁王二年城陷，宗族多及于难，遗裔星散，其浮海徙居东岚海上、海下二里者，仅馆林之一支耳。"

总体而言，自该年开始的福建战事颇为顺利，前后一年多的时间，南明政权先后克复三府、一州、一十七县（一作三十余城）。不过，这些战果也让郑彩居功自傲，骄横专政，擅杀熊汝霖、郑遵谦诸大臣，激起群情共愤。而随着清军不断入闽增援，所复州县又纷纷丢落了。到了顺治六年（己丑，1649）七月，闽地尽陷，张名振遣使奉迎鲁王撤至健跳所（今浙江台州三门县），这时候的郑彩也弃鲁王而去。九月，张名振、阮进等联合攻打舟山，夺取黄斌卿根据地，黄氏战死，鲁王移驻舟山。以张肯堂为东阁大学士，朱永佑为吏部侍郎，进封周鹤芝为平夷侯、周瑞为闽安侯。命二周率楼船三百余艘分屯温州三盘岛，与舟山互为犄角。不久，二周生隙，鲁王遣人和解不成，周瑞南下投奔郑彩，而周鹤芝则北依阮进。[9]

也是该年，郑成功遣光禄寺卿陈士京入朝肇庆，启用永历年号。当初，隆武殁后，郑彩、郑联兄弟，周鹤芝、周瑞、张名振、杨耿等纷纷转而拥戴鲁王，只有郑成功自成一军，置身事外。原因一是曾知遇于唐王赐姓，二是不满于闽浙旧嫌，所以仍尊隆武年号。等他得知桂王在粤西即位后，便遥

图 32　馆林宗祠记（局部）

奉永历为正朔。其时，金门为其叔父郑鸿逵所据，厦门为郑彩、郑联兄弟所据，海坛、南日、南北二茭、舟山诸岛，悉系鲁王属将周瑞、周鹤芝、张名振等分守，铜山（今漳州东山）、南澳分别为朱寿、陈霸所据。郑成功入海举义以来，"惟安平块土，莫能展其所为，徒训练士卒，整饬船只，漂游于鼓浪屿，或入海澄，或出镇海卫，以观其变"，一直苦于没有自己的根据地。1650 年（庚寅，顺治七年），郑成功用兵闽粤一带，八月，趁郑彩离开厦门之际，用施琅（原名施郎，顺治八年五月降清后改名）之策袭杀郑联，兼并其部，自此军威大振。这时，暂泊沙埕的郑彩具疏向张名振求援，张名振、周鹤芝、阮进等皆欲结好郑成功，又刚刚结怨周瑞，伺机合击郑彩余部，郑彩败逃入海。[10] 年底，郑成功率舟师南下粤东勤王，授黄大振（黄斌卿旧将）为援剿前镇，驻守海坛。[11] 这意味着海坛岛的控制权自此从鲁王阵营转移到郑成功手中。

1651 年（辛卯，顺治八年）秋七月，清军由崇明、台州、定海分道攻取舟山，张名振留张肯堂六千兵守舟山、阮进守横水洋，自己奉鲁王之命出击吴淞以牵制清军。九月初二，舟山城陷，张肯堂、朱永佑、阮进等皆死。[12] 张名振拥鲁王遁走三盘岛，清总兵马进宝接踵而至，"率兵克之，焚其积聚，复败之沙埕，收各澳户口八千五百余，悉令归农"[13]。鲁王、张名振一行转道闽安渡海，暂栖海坛岛中。[14] 次年（1652，壬辰，顺治九年）春南下厦门投奔郑成功。随后，原鲁王属将张名振、周鹤芝、阮骏（阮进侄儿）等陆续自舟山来归，郑成功俱授以水师镇，以张名振为前军（一作总制），周鹤芝为后军，阮骏为后镇。[15] 至此，东南沿海的主要抗清力量基本整合在郑成功麾下。

自 1646 年年底海坛举兵以来，数年间周鹤芝或出征内地，

图 33　观音澳澄瀚寺

或北上舟山，或移沙埕，或屯三盘，戎马倥偬，行踪不定，进驻
海坛的时间不多。归附郑氏之后，周鹤芝再度回到海坛驻镇，那
又是在数年之后。而这段时期里，海坛岛一直作为南明政权的武
装基地之一应无疑义，澳前村下网澳观音堂中现存的清道光年澄
瀚寺重修碑记可以印证，"考自明永历七年提督吴公讳为高捐廉
鼎建……"永历七年，即顺治十年（1653）。虽然提督吴为高其
人行状待考，但碑文所用年号明确表明海坛岛其时为郑氏掌控。
提督主持倡修寺庙，也说明当时岛中战氛稍宁，海坛尚未成为交
战双方的必争之地。而修建地方择地观音澳，又可推知乃沿袭前
朝旧例，与明隆庆、万历年间海坛游营驻地一脉相承。

三、永历郑成功时期

自 1652 年（壬辰，顺治九年，永历六年）至 1661 年（辛丑，

顺治十八年，永历十五年）进军收复台湾之前，郑成功领导发动的对清用兵连续不断。主要有：1652 年三月的江东桥战役，大败闽浙总督陈锦数万援兵；该年四月至十月的围困漳州一役，"饿死男女数余万"[16]；1653 年（癸巳）三月，清将金砺入闽增援，郑成功伺机派遣张名振、陈辉诸将北上长江，十二月大败崇明清兵；[17] 该年四月，金砺将数万兵马进犯海澄，被郑成功率部击退；1654 年（甲午）年初，张名振、陈辉再次督师进入长江，夺舟百余只，各地义兵四起归附。[18] 因上年清廷遣使议和，郑成功"将计就计，权借粮饷，以裕兵食"，下令撤军；该年七月，永历帝册封郑成功为延平王。年底双方谈判破裂，十一月起郑军发起猛烈攻势，克复漳州全府、泉州府署诸县及兴化府仙游县。1655 年（乙未）五月，郑成功派洪旭、陈六御等大将率师北征，十月舟山清军守将开城投降。

1656（丙申）、1657（丁酉）、1658（戊戌）连续三年郑成功亲自督师北征。1656 年，远征军攻入闽安镇，直逼福州，清朝名将阿格商在护国岭一役战亡，"满兵为之气夺"；1657 年八月，郑成功率军进入海门湾（今浙江台州湾），连下黄岩、台州、太平等城，而清兵则乘机收复了闽安、罗星塔各地；1658 年五月郑成功再次北上浙江，进取南京，不料七月在羊山遇到特大风暴，五十余艘兵船覆没，损失兵将数千人，被迫就地休整，以待来年。[19] 1659 年五月，郑成功集结大军进入长江，破瓜州，克镇江，招抚江南北郡县三十余处，七月进逼南京。不幸的是，这时郑成功被一连串的胜利冲昏头脑，上了清总督郎廷佐"卑词宽限以骄其志"的当，中了缓兵之计，很快转胜为败，损兵折将，最后不得不匆匆撤出长江，于九月回到厦门。次年（庚子，顺治十七年），他组织了一场厦门保卫战，暂时稳住脚跟。其时漳州、同安皆落入清军之手，金厦两地遭受严重威胁，这种形势逼迫下，郑成功决心谋划攻台事宜，另寻出路。

对应以上这段时期，史料中记载的周鹤芝行踪则有如下数条：

其一，1653年（癸巳，顺治十年）四月，清将金砺奉命取海澄之时，总督刘清泰调水师出福兴（即福州、兴化两地）二港合攻。郑成功令水师左军林察，右军周瑞，后军周鹤芝、阮骏、黄大振等前往海坛迎敌，途中遇上飓风，林察兵船漂入兴化港，被清军俘获。[20]

其二，1654年（甲午，顺治十一年）三月，郑成功趁和议之便遣将向福、兴、漳、泉属邑派捐助饷，并亲自督师，巡查各处民情，以地方助饷顺逆以定剿抚之策，其时驻扎于福清海口、镇东一带。因郑氏每年时有商船遭海坛、松下、大小址（今长乐大、小祉）匪民抢劫，至是发谕告诫。松下、海坛皆有乡民不服，举旗备战。郑成功遣甘辉等将进剿松下各地，焚其乡社，移师攻打海坛，海坛陈西宾拥众迎战，不敌。西宾自缚乞降，郑氏宥免其罪。两处荡平，委命后军平夷侯周鹤芝镇守海坛地方。陈西宾，这个敢跟郑成功叫板的平潭人，是否自此追随了周鹤芝呢？可惜史料中再无此人踪迹。至于此前驻守的援剿前镇黄大振的下落，一说是"有谤黄大振欲献海坛投诚"（《台湾外记》），一说"作为不轨，假义劫掠诏使"（《先王实录》），一说"以其拷饷太酷"，"在兴化措饷，召募至数千人，多不法，有飞语"（《国朝莆变小乘》《海上见闻录》）。郑成功领甘辉等将声言巡视各处，假道海坛，逮捕黄大振还归厦门绞杀，代以泉人戴捷为管理驻守海坛的援剿前镇。[21]

其三，1655年（乙未，顺治十二年），"江阴地方呈请，平夷中军林天口不服民望，乞委官镇守，免受虏兵骚扰，从之。以赏勋司裴德管江阴地方事。时海坛逆民复逞，藩（郑成功）令裴德就近会平夷侯（即周鹤芝）剿抚妥报。裴德等数日解叛首林简修等诛之"[22]。

其四，1657 年（丁酉，顺治十四年）十二月，郑成功传谕右戎旗周全斌统领后冲镇华栋（次年三月病故，刘进忠代）、水武营朴世用等，前锋镇余新为正提调、右提督马信为副提调统领北镇姚国泰、援剿右镇贺世明、火武营魏标等，驻扎海坛，训练兵马。次年（1658，戊戌，顺治十五年）四月，以上将领率部编入北征大军，如刘进忠、朴世用等部在前部先锋"首程"编队，马信统领的魏标等部为"二程接应"编队，周全斌、周鹤芝、戴捷等部则并入郑成功亲自统领的"后合"编队。[23] 当年七月，远征军在羊山遇风而就地休整，这些部队依然是下一年攻打江南的主力。

其五，1659 年（己亥，顺治十六年）六月二十四日，江南兵败，郑成功折损了甘辉等十四名大将，而归队将领名单中尚有周鹤芝、周瑞、马信、姚国泰等人。也就是说，1659 年的江南之役，周鹤芝还在带兵出征，虽然此役损兵折将，死伤惨重，而周鹤芝仍得以全身南归。此后，周鹤芝便不知下落了。征台之前，派驻海坛的部队是宣毅前镇，次年征台，宣毅前镇编入了由郑成功亲率的"首程"部队，但出征将帅与驻防留守的将领名单中再没有出现周鹤芝的名字。[24]

综观周鹤芝的史料传记，关于他的下落多也语焉不详。《鲁之春秋》作"辛卯（1651 年，顺治八年），召守羊瞿等山，以粮少为张名振所阻，鹤芝自是无经略四方之志矣，后不知所踪"；《东南纪事》作"舟山既陷，诸从鲁王者多溃散，崔芝（鹤芝）不知所终"；《小腆纪传》作"舟山亡，依成功以终"，时间均截止于鲁王舟山陷没，再也没有下文。而这个结论显然都下得太早，如上所述，此后八年，我们仍然可以找到他在郑成功麾下的活动行踪。只是，1659 年（己亥，顺治十六年）六月之后，他真的是"不知所终"了。位于厦门鼓浪屿的郑成功纪念馆收藏有一枚"平夷将军"铜印，1963 年征集于同安县。据专家考证，此铜印系周鹤芝生前所用，铸造时间为"永历十三年二月"，永历十三年即顺治十六年。这枚铜印的发现，可以帮助印证周鹤芝 1659 年六月之前的生平行踪，并据此推测同安或是周鹤芝一生的终结之地。

在平潭民间，另有流传周鹤芝葬于海坛的说法。清末施天章补辑的海坛二十六景中有"周公疑冢"："明总兵官周鹤芝，松潭人也。明亡，依郑成功镇此，义不服清。卒时为疑冢数处，俗呼大周墓。一在北海区山利村，一在南澳区渔塘村南，二在庄上区马李耶东山顶。"[25] 真伪如何，不得而知。民国十一年（1922）平潭修志，《忠义传》"明·周鹤芝"一条直接下了个"移居平潭"的结论，等于将周鹤芝视同平潭人。这个似是而非的"史笔"多少反映出后世平潭人对周鹤芝的追慕，而周鹤芝与平潭的特殊关系还可以从以下几点看出：

其一，"侯均（甲、区）"[26] 这个地名大概肇始于周鹤芝移镇建署之时。清雍正八年（1730）福清县丞移设平潭，"析海坛上下山十二甲隶平潭县丞管辖"[27]，侯均甲为上山六甲之一，再前仅见于"唐王隆武（次年）九月，芝龙降，鹤芝遂移驻海坛，建总镇署于侯均区"一说[28]。而在唐王朱聿键称帝改元之际，周鹤芝便与郑芝龙、郑鸿逵兄弟等同时封伯进侯[29]，鲁王监国时期再次加封，侯爵身份相符。而为何清雍正年不作"侯军区"而作"侯均区"，改"军"为"均"，原因或许是谐音避讳，毕竟其时清朝立国未远，周鹤芝仍是义不降清的前朝忠臣。

其二，清代平潭建有周鹤芝祠，民国十一年平潭建崇圣祠，"知事黄履思督同局绅就周鹤芝废祠旧址创建"[30]。周鹤芝祠修于何时不详，但时间大概不早于清乾隆中后期，也就是在乾隆朝为了"崇奖忠贞、风勉臣节"而诏令国史馆修纂《明季贰臣传》并追谥前朝忠臣义士之后。平潭之所以有周鹤芝祠，一种可能是民间对其气节风概的景仰传诵，二种可能是周总镇在平潭留有不错的官声口碑。

其三，三十六脚湖南岸的龟山古营寨相传为周鹤芝据守海坛时所筑。此地坐拥万顷碧水，湖西毗邻火烧港，如果作为水军的屯营操演场所确也便利。

其四，海坛是周鹤芝所部的兵源地之一。民国《平潭县志》载有追随周鹤芝的两位平潭人，一个为倪国灿，今澳前下井边村

图 34　龟山古营寨遗址

人，"永历时，投周鹤芝总镇，就下井边村置营招勇"；一个是林裕国，今芬尾大福村人，"明末，投周鹤芝部下，领镇兵保护乡间，盗不敢犯"。[31]

自顺治九年（1652）周鹤芝归附郑氏麾下，直到顺治十八年（1661）郑氏收复台湾的这段时期，海坛岛基本上控制在郑成功手中。顺治十六年（1659）正月，时任福建巡抚的刘汉祚在其揭帖中奏报："今据福清县知县梅光鼎回称：看得海坛、南日两山，俱在大海之中，往返俱需舟楫，非比陆地人马可到，是以郑逆叛踞无忌，视我师无巨舰战艘，难以征讨，故自顺治九年间盘踞至今，以致租税、鱼课等饷毫无输纳。"[32]至于其间有多少的海坛子弟投身郑氏阵营并随之征战台湾的，现已难以厘清。自现有族谱记载看，仅存中楼大中、中广、六目秀的郑氏一族，其始祖即是追随郑成功收复台湾的幸存者。据其记述，郑氏始祖原籍福清黄墩村，永历十三年（1659，顺治十六年），黄墩郑氏族人百名投军追随郑成功，渡海征台一役后仅存三人。康熙四年（1665），他们将牺牲的九十七个族人遗骸运回，避匿海坛择地合葬，自此隐居下来。其实，当时海坛已经迁界，福清沿海封锁正严，他们自然是回不去了。

四、永历郑经时期（明郑据台时期）

清廷推行禁海政策始于1655年（丙申，顺治十二年，永历九年）。该年六月，清廷下令"严禁沿海省份，无许片帆入海，违者置重典"[33]。因起初收效不大，次年六月再次颁布"禁海令"，"严禁商民船只私自出海"。也是该月，镇守海澄的黄梧利用郑成功督师北上的机会降清，获封海澄公。从后来的形势发展看，黄梧降清对郑成功政权的打击至为沉重。首先，海澄既是金厦门户，又是郑成功政权的"关中河内"，粮饷积蓄皆贮藏城中，"铁甲十万副，谷可支三十年，藤牌、滚被、铳炮、火药皆以数万计"。再者，黄梧随即向清廷力荐起用施琅，建议速诛郑芝龙，并献"平海五策"，包括掘郑氏祖坟、铲除郑氏分设京师苏杭各地的五大商、查没漳泉郑氏财产，以及迁界禁海。[34] 八月，清军攻克郑成功上年占据的舟山，守将陈六御、阮骏战死，于是摧毁舟山城郭，迁徙居民。

到了 1661 年（辛丑，顺治十八年），即郑成功征台之年，清廷全面推行迁界禁海政策。该年十月，兵部尚书苏纳海入闽勘界，"迁居民之内地，离海三十里，村社田宅，悉皆焚弃。"[35] 同月，郑芝龙在京伏诛。十二月，流亡缅甸的永历帝为吴三桂所执，次年（1662，壬寅，康熙元年）四月被弑。五月，郑成功病逝于台湾，一代将星陨落，年仅三十九岁。其后，郑氏集团内部加速分裂，叛逃清廷的郑军越来越多，沿海情势急转直下。1663 年（癸卯，康熙二年）六月，郑经杀了暗中议降的伯父郑泰，郑鸣骏（郑泰弟）与其侄仓皇叛逃，人心涣散，沿海诸镇营陈辉、杨富、黄镐、万正色等守将纷纷率部降清，"文武大小共四百余员、船三百余号、众万余人入泉州港投诚"[36]。这些官兵战船，皆系久经海战历练的水师，此长彼消，胜负的天平随之加快向清廷倾斜。

海坛岛也在此时易手。康熙二年（1663）十一月二十日靖南王耿继茂上奏："惟兴、泉以北自福清至福宁一带海面，原有贼党颇多，虽有伪总兵杨富率领海坛、南日、江阴三岛之贼来投，但阮春雷、达洁等伙仍不时窥伺。况自颁发告示招抚三岛之民后，因臣等忙于南征，尚未差官勘视该处。"随后，康熙三年（1664）二月初二日耿继茂又奏："窃臣等于去年十月间一举攻克厦门、金门，而海逆贼渠逃遁铜山……江阴、南日、海坛及湄州等各岛降民，悉已相继迁入界内。"[37] 前后对照，可以推知海坛岛民迁界的时间应在康熙二年六月至康熙三年一月这半年之间。

清廷迁界，令沿海边民陷入了生灵涂炭的境地。"驰令各岛暨沿边百姓尽移入内地。逢山开沟二丈余深、二丈余阔，名为'界沟'。又沟内筑墙，厚四尺余，高八尺（一丈），名为'界墙'。逢溪河用大木桩栅。五里相望，于高阜处置一炮台，台外二烟墩，二（三）十里设一大营盘，营将、千、把总率众守护其间。日则瞭望，夜则伏路。如逢有警，一台烟起，左右各相应，营将各挥众合围攻击。""时守界弁兵最有权威。贿之者，纵其出入不问；有睚眦者，拖出界墙外杀之。官不问，民含冤莫诉。人民失业，号泣之声载道；乡井流离，颠沛之惨非常！背夫、弃子、失父、离妻。老稚填于沟壑，骸骨白于荒野。"[38]

迁界把当时的一县民众分成"界里""界外"之人，而"界里"又称"内地"。福清境内的边界，据康熙二十二年（1683）奉命巡视闽粤的工部尚书杜臻所记："边界以外斗（疑为"到"）入海八十里万安所，七十里牛头寨，五十里泽郎寨，四十里松下，十里镇东卫，附海五里海口桥、上迳镇，二里硋灶俱移，共豁田地四千六百三十四顷有奇。"[39] 对于当时的海坛岛民而言，迁界造成的亲人离散、族人凋零的悲痛记忆，则记在了许多家谱之中，班班可考。如光绪年任柱鳌所撰《重修福清道头房任氏支谱序》："我朝初年，滨海居民调移迁复，流离失所。"陈能坦所撰《国香公肇迁后楼记》："永历年间郑氏未附，沿海居民遭寇难，诏谕滨海居民调移内地。时公尚少，从叔父舅氏弃家移徙……"陈绍堂所撰《重修瀛洲家谱序》："我朝初年，闽省海氛弗靖，环海居民调迁内地，荡析流离十不四五。康熙癸丑（1673），范总制疏请展界，调回居民，凡我子姓涣而复萃，而兵燹余生，心伤瓦解，虽木本水源之大，何暇计及哉？"

陈绍堂所记"康熙癸丑，范总制疏请展界"，对。其后"调回居民"，也对。但是上下文合在一起则不对。对于迁界政策陷边民于水深火热之中的情形，清廷一些地方大员也时有呼吁。如康熙四年（乙巳，1665），福建总督李率泰在遗疏中奏请："至数年以来，令滨海居民迁移内地，咸苦失其故业，宜略宽界限，俾获耕渔，稍苏残喘。"康熙十二年（癸丑，1673），福建总督范承谟上疏："沿海之庐舍畎亩，化为斥卤。老弱妇子，展转沟壑，逃亡四方者，不计其数。所余孑遗，无业可安，无生可求。颠沛流离，至此已极。……我皇上停止海上之禁，正万姓苏生之会。"请求朝廷"酌宽边界，令民开垦"。但该年十一月吴三桂举兵造反，次年（甲寅，1674）三月，耿精忠跟着叛乱，"疏上未及行"[40]。也就是说，海坛岛民这次回迁，并非因范承谟上疏奏请，而是因耿精忠叛乱的"甲寅之变，闽省迁民悉复故土"。数年之后，1679 年（己未，康熙十八年）正月，福建再行迁界，"上自福宁，下及诏安，三十里量地险要，筑小寨，安守兵，限以界墙，由是滨海数千里无复人烟"[41]。而此时的海坛岛正控制在郑经手中，迁界一事暂也无从谈起。

康熙甲寅年耿精忠反清（史称"甲寅之乱"），檄邀台湾郑经率师入闽声援。不过，双方之后抵牾相争不断，貌合神离，并未形成良好的合作关系。1676 年（丙辰，康熙十五年）十月，耿精忠败降，其属将朱天贵率舟师归附郑经。郑经授之以楼船右镇，协同萧琛、黄应守定海，并分巡海坛、南日、乌洋各岛，以期会师进攻福州。[42] 不过，接下来的战事转而对郑经不利，在清军猛烈的攻势之下，原来占据的兴化、漳州、潮州各郡县纷纷失陷。

1678 年（戊午，康熙十七年）七月，福建总督姚启圣、巡抚吴兴祚令水师总兵林贤督率黄镐诸将，调集战舰，计划向海坛水陆合攻。定海守将萧琛探知林贤战船将出闽安，怯敌失策，一战而败，退泊海坛。郑经召回萧琛斩之，并遣陈谅、陈启隆率朱天贵等将驻守海坛御敌。[43] 至该年年底，清军收复了福建内陆全境，便再议迁界。"应如顺治十八年（1661）立界之例，将界外百姓迁移内地，仍申严海禁，绝其交通。"[44] 次年（1679，己未，康熙十八年），湖广岳州总兵万正色擢升福建水师提督，八月到闽，议设援剿诸镇，以林贤、陈龙、黄镐、杨嘉瑞为左右前后四镇。十二月，姚启圣、吴兴祚大集舟师欲取厦门，郑经以林升为总督，江胜、朱天贵为左右副总督，急调战船，率诸将北上迎敌。[45]

战前，朱天贵建议："可将诸船进泊海坛，分一旅把守观音澳，再令一旅寄泊石牌洋一派地方。倘水师出港，可以互相牵制。不但便于相援，而且可以攻击。然后密令小哨，窥其疏防之处，樵汲接应。"可惜总督林升不予采纳，仅分船三十号留朱天贵、黄德等据守海坛，自己统船六十号退泊泉州臭涂澳。而万正色一面调兵遣将，一面通过朱天贵堂叔的私人关系修书劝抚，并设法透露消息给黄德等，从中离间，动摇郑军军心。同时，巡抚吴兴祚率部进驻福清声援。1680 年（庚申，康熙十九年）二月初六日，万正色挥师进征海坛，"分前锋为六队，亲统巨舰继之"。午后抵海坛，朱天贵慌忙应战。"公（万正色）佯置天贵，直取他艘。黄德等以天贵有异志，各怀观望。"在清师强大的炮击火力攻击下，舟沉兵溃，披靡南窜，"溺水死者三千余人"，海坛失守。[46] 不久，郑经弃守金厦，返回台湾。五月，朱天贵在铜山降清，三年后于追随施琅征台的澎湖一役中阵亡，这是后话。

二度易手的海坛岛随即再次迁界，万正色在该年二月十一日送达吴兴祚的手书中道："至海坛难民，弟严禁掳掠，立令剃发入界，亦经行文该县（按，福清县）及防汛官，放入安插。"[47]
不过，这次迁界的时间较短。该年八月，总督姚启圣上《平海善
后十策疏》："一款，福建边界急请开还。该臣等再议得复还边界，
乃今日救民裕国之良谋。""昭武将军杨（捷）、巡抚都院吴（兴祚）、
水师提督万（正色）并臣皆议边界断须还民。"次年（1681，辛酉，
康熙二十年）二月，"奉旨依议。自福宁至诏安，尽许百姓复业。
以水师提督守厦门，分防沿海。裁内地新设如江东诸营者，设海坛、
金门、铜山各总兵一员"[48]。因此，陈绍堂《重修瀛洲家谱序》
一文中的"调回居民"，说的应是这个时间。

综上，在激荡剧变的南明时期，因特殊的地理位置及特定的
时代际遇，海坛岛被裹挟于兵荒马乱之间三十余年，族群分崩离
析，社会民不聊生。如今，我们通过史料爬梳这段历史进程的节
点轮廓，勾勒出平潭席卷在历史洪流中的沧桑背影，除了勉力为
乡邦志乘补苴罅漏之余，更借此回顾海坛族群那段悲怆苦难的历
程，以史鉴今，守望故土。

庚子冬月

注：

[1] 徐鼒撰、徐承礼补遗《小腆纪传》卷第七纪第七《监国鲁王》："（顺
治二年，乙酉）闰六月，己丑，九江道佥事孙嘉绩、吏科都给事中熊汝
霖同起兵于余姚。……刑部元郎外钱肃乐起兵于鄞，以是月十八日遣
举人张煌言奉笺赴台，请王监国。……二十八日，再奉笺劝进，国维与
宋之溥、陈函辉、柯夏卿等亦具表迎王。即日移驻绍兴，以分守署为
行在……"第87—88页；〔清〕江日昇《台湾外记》卷之二，"（郑
遵谦、张国维）遂与方逢年、林厦卿……，于闰六月望日迎鲁王监国
于绍兴府"第55页；〔清〕戴名世等《东南纪事》卷二《鲁王以海》：
"……乃遣元老前兵部尚书张国维迎王于台。八月至绍兴，即监国位。

以分守署为行在，臣民称监国……"第172页。

[2] 民国《平潭县志》卷二十六《忠义传》"周鹤芝"条，"号九京"，误。按，黄宗羲《行朝录》卷八《日本乞师》（第164页）、《小腆纪传》卷第四十五"周鹤芝"条（第482页）均作"号九元"；《东南纪事》卷十《周鹤芝》（第276页）、李聿求《鲁之春秋》卷二十二"周鹤芝"条（第205页）亦作"字九元"。

[3] 《行朝录》卷七《舟山兴废》，第159页。

[4] 《行朝录》卷八《日本乞师》，第164—165页；《小腆纪传》卷第四十五"周鹤芝"条，第482—483页。另按，余煌，明鲁兵部尚书。

[5] 黄宗羲《海外恸哭记》，第194页；《小腆纪传》卷第四十"张肯堂"条、卷第四十三"朱永佑"条、卷第四十五"周鹤芝"条；《鲁之春秋》卷七"张肯堂"条、卷八"朱永佑"条、卷二十二"周鹤芝"条；《东南纪要》卷十"周鹤芝"条。

[6] 《台湾外记》卷二，第80页；阮旻锡《海上见闻录》卷一作"郑彩至海坛，复为乡兵所败，遂同鲁王至厦门"，第6页。

[7] 《行朝录》卷四《鲁王监国纪年下》，第121—122页；《小腆纪传》卷四十五"周鹤芝"条"周瑞为周鹤芝弟"。

[8] 徐鼒撰、王崇武点校《小腆纪年附考》卷十四，第525—526、534、548页；《鲁之春秋》卷十一"林垩"条（第113页），卷二十二"周鹤芝"条（第206页）。

[9] 《行朝录》卷四《鲁王监国纪年下》，第121—126页；《小腆纪传》卷四十五"周鹤芝"条。

[10] 《台湾外记》卷二，第81页；《海上见闻录》卷一，第7页；《小腆纪年附考》卷十七，第642页；《东南纪事》卷十一，第286页；《行朝录》卷十一《赐姓始末》。

[11] 《小腆纪年附考》卷十七，第657页；《台湾外记》卷三，第95页。

[12] 《小腆纪年附考》卷十七。

[13] 《清史列传》卷五"刘之源"条，第279页。

[14] 台湾"中研院"藏《闽浙总督陈锦揭报·顺治八年十二月》037440。

[15] 《小腆纪年附考》卷十八（第673页）与《小腆纪传》卷四十五列传第三十八"张名振"条（第478页），就鲁王、张名振一行次厦门时间作"壬辰春"；《行朝录》卷四《鲁王监国纪年下》作"壬辰正月癸酉朔"；杨英撰、陈碧笙校注《先王实录》作"永历五年（1651）十二月二十九日"，第40页；《海上见闻录》作辛卯年十二月，第16页。另参见《台湾外记》卷三，第95页。

[16] 《先王实录》第48页；另，《海上见闻录》作"凡七十三万有奇"。

[17] 《小腆附考》卷十八，第691、694页。

[18] 《先王实录》第69页。

[19] 《小腆纪年附考》卷十九（第735页）、《台湾外记》卷四（第141页）、《海上见闻录》卷一（第33页）、夏琳《闽海纪要》卷一（第46页）均作"七月"；另《先王实录》作"八月"，第176页。

[20] 《台湾外记》卷三，第106页；《海上见闻录》卷一，第18页。

[21] 《先王实录》第75—76页；《台湾外记》卷四，第112页；《海上见闻录》卷一，第21页。

[22] 《先王实录》第115页。

[23] 《先王实录》第164页；《台湾外记》卷四，第140—141页。

[24] 《台湾外记》卷五，第157—158页；《先王实录》第240、244页。

[25] 民国《平潭县志》卷八《名胜志》。

[26] 关于"候均"与"候均"的正误问题。乾隆《福州府志》《福清县志》均作"候均"，光绪《平潭厅乡土志略》与民国《平潭县志》或作"候均"或作"候均"。应以"候均"为准。

[27] 乾隆《福州府志》卷八《乡都》。民国《平潭县志》卷三《大事志》作"以上、下山十二区及隔水岛屿析归平潭县丞管辖"。有清一代，平潭只有"上下山十二甲"这一行政区划单位，并无"区"一级行政区划。另见民国《平潭县志》卷三《大事志》"海坛营汛管辖"条："上、下山编为十二甲：上六甲属左营；下六甲属右营。"《平潭厅乡土志略》章第一《总叙》，"平潭治分为十二甲，上山属候均甲……"

[28] 民国《平潭县志》卷三《大事志》。

[29]　《台湾外记》卷二，第58—59页。

[30]　民国《平潭县志》卷七《建筑志》。

[31]　民国《平潭县志》卷二十五《列传》。

[32]　《台湾文献丛刊》、第168册《郑氏史料续辑》卷八"二九六、福建巡抚刘汉祚揭帖（顺治十六年三月初一日到）"，录自明清史料己编第五本第458—459页。

[33]　蒋良骐《东华录》卷七。

[34]　《闽海纪要》卷一，第38页；《台湾外记》卷四，第127页；《先王实录》第136—137页；《清史列传》卷九"黄梧"条，第602—603页。关于清廷"迁界令"的策动者，另有一说是采纳旗下汉人房星焕（《海上见闻录》作房星曜）献策（参见《海上见闻录》卷一，第47页；王沄《漫游纪略》）。

[35]　《闽海纪要》卷二，第58页；《小腆纪年附考》卷二十，第769页；乾隆二十八年《长乐县志》卷十"祥异"。另，《海上见闻录》卷一（第47页）与《台湾外记》卷五（第165页）均作"八月"。

[36]　《台湾外记》卷六，第183—184页；《闽海纪要》卷二，第69—70页；《海上见闻录》卷二，第51页；《小腆纪年附考》卷二十，第780页。

[37]　《康熙统一台湾档案史料选辑》17.耿继茂等题报《筹防沿海各地并进兵铜山事宜事》本，第24页；19.耿继茂等题报《进兵铜山日期事》本，第27页。另，23.李率泰题《为限定投诚武官所辖兵额以便给拨兵饷事》本"杨富所带兵丁二千九百余人"，第30页。

[38]　《台湾外记》卷六，第188页。

[39]　杜臻《粤闽巡视纪略》卷五。

[40]　《清史列传》卷五"李率泰"条，第301页；《清史列传》卷六"范承谟"条，第382页；《皇朝经世文编》卷八十四，范承谟《条陈闽省厉害疏》。

[41]　《海上见闻录》卷二，第70页；《闽海纪要》卷四，第116页；《台湾外记》卷八，第287页；《东南纪事》卷十二，第306页。

[42]　《清史列传》卷八十"耿精忠"条；《海上见闻录》卷二，第63页；

《台湾外记》卷七，第253页。《台湾外记》文中未记海坛地名，参见康熙十八年年底万正色奏疏有"海坛为贼帅朱天贵所据已七年"句，朱天贵乃康熙十五年十一月归郑，万疏有误，但可知甲寅之后海坛为郑经所据。且南日位于海坛南洋，朱天贵分巡海域应含海坛。

[43]　《台湾外记》卷八，第283—284页。

[44]　《清实录·圣祖仁皇帝实录》卷八十，康熙十八年四月戊辰条。

[45]　《海上见闻录》卷三，第72页；《闽海纪要》卷四，第122页。

[46]　《海上见闻录》卷二，第72—73页；《台湾外记》卷八，第300页；《清史列传》卷九"万正色"条，第616页。另，王得一《师中纪绩》"决策航剿"。

[47]　万正色《师中小扎》"与抚院吴书"。

[48]　民国《平潭县志》卷三《大事志》；《台湾外记》卷八，第305页。

明清海上平潭

平潭是个岛县，素有"千礁百岛"之称。据 1992 年出版的《平潭县海域志》统计，全境岛屿 126 个，群礁地名 12 条，礁类（含明礁、暗礁、干出礁）地名 702 个。岸线曲折，岛礁散布，水道狭窄，是平潭海域地景的一大特色。

依地理方位，平潭县域地处福建东部海域，台湾海峡西北端，主岛海坛岛西侧的海坛海峡与东侧的台湾海峡，自古以来都是闽中海上交通要道及太平洋西北部航线要冲。气候特征上，平潭季风明显，风害突出，年均 7 级以上的大风天数多达 100 多天。春季多雾，夏季多台风。洋流潮差大，流速急，暗礁浅滩多。这种由特殊的气候、地理、水文构成的复杂海况，对于过往客轮、商舶、渔船的航行安全均有重大影响。可想而知，在明清之前的木帆船时代，来自这片海域中的危险，是行船航海的人们不堪其负的严峻挑战。

以海坛海峡为例，在南北 40 公里的水域上，调查发现的沉船遗址已有 10 余处，自五代以降，宋元明清，历代均有运输瓷器的商船在此遇险沉没。每一只沉船都是一段古代航海人悲惨的血泪史。本地民谚有云："舥翁作未刹，海水有日食。"对于在"三下风两下浪"中讨生计的海岛先民而言，这片海，既承载着我们生活的依靠与希望，也掩埋着过往无数的艰辛、泪水与苦难。身为岛民子孙，相信很多人对此都有刻骨铭心的切肤之痛。而今，时代迁易，我们的乡亲纷纷上岸，有海航经历的人显然越来越少了。海，渐渐成了许多平潭人最熟悉的陌生之域。

　　不过，海既是我们的地理，也是我们的历史。以前是，现在是，未来还是。故此，本文意欲依托古籍文献记载，勾勒出明清海上平潭的身影，追寻且描摹古代航海人对平潭海域的探索与认知。质言之，"海上平潭"，主要是指明清海路（航线）上的平潭。而且，随着朝代更迭与大航海时代的来临，海岛、海路与海防的关系往往相伴而生，愈发密切。平潭明初洪武内徙，设海坛游置舟师，有清一代移驻海坛水师镇协等，皆与之息息相关。因此，明清两代平潭（海坛）在国家海防体系中的角色演变，文中并作观察，以资参证。

一

　　兴化出来壁头前，牛肠牛肚夹两爿。
　　万安四海万山欹，金盏银盏娘宫前。
　　有翼无翼是大礁[1]，橹匙对面是三礁。
　　三礁爱长无处长，茗萝爱圆无处圆。
　　竹屿没见竹叶青，三捧碗索十二牵。

　　这是平潭民间流传的一段行船口诀。解释起来，主要涉及莆田涵江至平潭竹屿港航道上沿途所经口岸岛礁的地名。"兴化"即莆田地方；"壁头""万安"均属福清境内，一在江阴，一在东瀚；"牛肠牛肚""金盏银盏"指代航道上的岛礁，前者是兴化水道上的南北牛屿、牛耳屿等地，后者是娘宫附近的金井、银台两礁；"大礁"指大屿，"三礁"指猴屿（旧时别称"三礁屿"），与"茗萝""竹屿"均是海船从海坛海峡自南而北进入原平潭港先后路过的醒目坐标（俗称"望山"）。

　　在现代测深仪发明之前，海船使用的测深工具多为铅锤（或为石制），底部凹形或剜孔，涂抹牛油，配绳（俗称"碇索"）几十丈，用以航行中探测水深（俗称"打水"）或泊船寄碇时探测海底泥沙石情况。[2]这是海船上的必备工具，又是行船中重要的常规工作。"三捧碇索十二牵"，"牵"，本地方言，丈量水深的计量单位，闽南方言称"托"（或写作"拓"），"方言谓长如两手分开者为一托"[3]，即成人双臂张开的距离。一牵约五尺，即1.6—1.7米。"十二牵"，就是说海船需要在水深20米左右的洋面上行驶，方可确保无虞。分流尾屿便在这条航线的水域附近，那里发现一处五代沉船遗址，据2010年福建沿海水下考古调查队的调查结果，该遗址所处海床水深低平潮为8—10米，高平潮为11—13米。当初这只满载瓷器、吃水很深的古代海船在此沉没，显然是因为对水深不明而偏航触礁的。[4]

有山可望，据此以判断航向对否。而"打水几牵（托）"，则可以确定海船在洋面中安全可靠的位置。前是"山形"，后是"水势"，合二为一，这段口诀相当于这个海区简便易记的"山形水势图"。山形水势图是古航海图之一种，学界称之为中国民间的"舟子秘本"。在目前所知的传世版本中，著名的有两种：一是1974年台湾学者李弘祺先生在美国耶鲁大学斯特林纪念图书馆发现的一套中国古代航海图册，有图122幅；一是1980年章巽先生出版的《古航海图考释》，有图69幅。二者经专家研究比对，系同一母本。[5]《古航海图考释》中的航海地图，隶属今福建沿海地方的有24幅，其中图44为"今福建海坛岛附近"。图中"山形"，用剪影线描的方式来表现航路上所见陆域岸山与岛屿的外观，并配有文字说明。如"船泊东涌（今连江东引岛）内，单未出来，看不见东涌，看见海坛山是形""海坛山观音澳取东涌，南风可用甲寅，三更在涌外……"等[6]。通过比对山形的吻合度，航行中的海船可以判断并调整航向。其中，"单未""甲寅"指的是针位，"更"指的是航距。[7] 不过，收入《古航海图考释》的这则图文有"山形"有"针位"，却缺少"水势"的说明。

二

所谓"水势"，指的是某处海域或港澳的水域深浅及海底底质等水文情况。借此规避海域中危险的礁脉沙线，同时打探海底泥沙石状况，以便判断航线对否或可否寄碇泊船。如大约成书于明万历年间的《顺风相送》所记"牛屿（今牛山岛），内过打水二十五托，外过打水二十五托"[8]，便是单纯就"水势"来说的。可能成书于清康熙末年的《指南正法》记有"东甲，在万安之东。三景大小相错，断续海中。山上有大王庙。内寄北风，乃赋安（按，字义不明），可燂洗船。澳口多礁，门有鸭屎甲卯沉水，行船须防之。""牛屿，水底多土堆……"[9] 既有"山形"亦有"水势"。而清道光十九年（1839）刊刻的《厦门志》卷四《防海略》附录的《北洋海道考》，对海道沿岸澳口的"山形水势"则作了颇为翔实的描述，所涉平潭地方征引如下——

草屿 孤屿也。周二十里许，烂泥地。南北风可寄泊，与万安对峙隔海。西势即沙坞澳，内打水二三托沙泥地。南北风皆可泊船取汲。有汛守（指清海坛镇右营所辖草屿汛）。水途至平潭汛七十里。

娘宫澳 在海坛山，有汛守。澳内打水二三托烂泥地，北风可泊船。对面一屿曰"奔流屿"（今分流尾屿），潮涨半后流冲此屿，势甚急。娘宫之北山边对面一大屿曰"猴探水屿"（今猴屿），西向海中有沉礁曰"松鱼蛋"，潮退方露出。船往平潭，由猴探水山边行。探水屿下有一条沙线直透东南，甚长。娘宫之东有港，即火烧港。内是泥埕，可泊船避飓风。潮长（涨）八分方能入港。港口外有金盏银台礁，驶船防之。港之西南有吉钓屿，亦可寄泊。有汛守陆路至平潭三十里，水路至平潭汛六十里。

平潭澳　船从南势大山边而入，至竹屿寄泊。打水三托零沙泥地。候水八、九分，倚南沿白礁身边即（进）大港，俱循南势山边而行。又倚东势寻港至罗头角，船头须向西北之洋潮屿北鼻而驶，以避南势。港中边有蛙仔礁，过此礁至港口炮台并齐，俱是烂泥地，可泊船樵汲。……

鼓屿　在海坛钟门之西，海中屿也。周围十里。澳内打水二托余乌沙泥地。南北风可泊船取汲。船过澳门之山鼻，西北不可太近，东南不可太倚。门外有算盘暗礁，潮落方露。澳对正南有铁钉屿，亦曰观音屿。屿对正东有沉水礁，潮退七、八分始现。宜循铁钉屿而行，又不必太近于屿，防浅也。此处驶船，宜谅（量）潮之涨退以避沙线。鼓屿之东有屿曰"大练"，其澳在山下。澳内打水二托余沙泥地，渔船、小船多泊于此。又东曰"钟门"，门中有小屿，即钟屿。东望一片大山，即海坛也。长乐县属。有弁兵汛守。至平潭六十里。[10]

类似的记载还见诸清光绪壬寅年（1902）刊刻的《福建沿海图说》："海坛东面水道深十余拓至二十余拓，亦少暗礁，惟风浪较大。西水道（指海坛海峡）深七八拓或二三拓不等，内有浅沙数道，潮退竟不及拓，非老于操舟者不敢轻试。大船进此水道（指西水道）有三路。由南面入者曰万安洋（塘屿与万安城之间曰万安洋），宽七八里，深七八拓至十余拓不等，亦有探至二十拓尚未及底者。附近塘屿有鸬鹚礁（分南鸬鹚北鸬鹚），外别无隐险；由东南入者曰草屿门（草屿与海坛间曰草屿门），宽六七里，深十余拓至二十余拓不等，舟行须略近草屿。惟行至金蟳、金盏两礁间，必视白夸岛（今壳屿）西角与倒筊岛（今刀架屿）东南参成直线，方免误犯（由万安洋入者亦必经此两礁）。由北面入者曰鼓屿门（长屿与鼓屿间曰鼓屿门），宽两里，深约十拓，惟须防侔礁（今赤礁）、流牛礁（今老牛礁）、九娘（今七姐妹礁）三礁。钟门（大练与海坛间曰钟门，为民船常行之路）大练门（大练与小练间曰大练门），水道虽深而多礁，从未行轮。"[11]

这段关于海坛水道的介绍，若同道光版《厦门志》比较互参，便能形成对海坛海峡"山形水势"更为全面的认识。即便放之今日，仍可提供宝贵的导航意义，极富参考价值。清康乾时期，因为海坛、南澳、台湾淡水及鹿仔港等地近岸沙多水浅的水道海况，闽省水师特别借鉴浙船形制打造了一款平底战船[12]，以供遣用。另，旧时"（小练）山当南北要冲，商舶多会于此，人号'小扬州'"[13]。究其原因，一说"大、小练二门相去仅十里许，无风逾月不能渡"[14]，一说"值秋冬时多西（东）北风，船之自南而北，必寄碇于（海坛镇）所辖之鼓屿、磁澳（今长乐漳港滋澳）间，俟风稍转，方能驶过南茭（今连江黄岐茭南澳）"[15]。归根结底，还是海坛海峡特殊的水道海况所致。若参照现代水文调查的结论亦可印证，"船舶操纵时须特别注意，鼓屿北方，落潮流逢6级以上东北风，会形成大浪"[16]。

以上征引所述的"山形水势"，如平潭民间口诀与道光版《厦门志》的《北洋海道考》，都有胪列地名的特点，而这种按地名先后排序的方法，其实也包含先至后到的水程远近。可供参考的还有清道光年成书的《外海纪要》，书中所载"福建厦门开往浙江、江南、上海、天津各处洋面逐流寄泊澳屿开列"一节，如："……一流（指当日潮水涨落周期）至小万安（外崖尾亦可寄泊），一流至宫仔前（娘宫），一流至竹屿（内海坛港口，外观音澳），一流至石牌大练（此处海坛内洋，礁甚多，驶船小心，可停风台）……"[17]同理，"有翼无翼是大礁"句中的"大礁"，我们可以断定是娘宫对面的"大屿"，而不是同样位于航路上的东瀚"大屿（大礁山）"，原因便是依水程而论，"大礁"应在"金盏银盏"过后。总体来看，"山形水势图"主要是特定海区的岛礁岸山、寄泊港澳及水深底质上的记录。但是，若放在更为广阔漫长的海域航路上，单单依靠"山形水势图"还永远不够，实际运用中还必须与"针路簿"配合，各有侧重，互为照应。上文征引过的《顺风相送》《指南正法》便是这两者结合编辑成册的海道针经。

三

针路簿（或称"针谱""针本"等）侧重在记录整条航路（针路）中针位与距离（更）的信息。古代出海远航习惯称"放洋"或"开洋"，海上航线称"海道"，航海罗盘称"针盘"，负责领航的是火长。[18]火长掌握针盘，兼测水深，所据即是"针路簿"与"山形水势图"作为导航手册。因其至关重要，故名"针经"（或称"水程""水镜""洋更""水路簿""流水簿""更路簿"等）。传世中最早的亦可称为"海道针经"的"针路簿"应是《郑和航海图》（本名《自宝船厂开船从龙江关出水直抵外国诸番图》），原载于明万历年间茅元仪所辑的《武备志》卷二百四十。这是15世纪以前中国有关亚非地理最为详尽的航海图经，也称得上是世界现存最早的航海图集。它的汇编成册，编撰者应该是根据明初航海家手中的针路簿与山形水势图[19]。

《郑和航海图》展示的基本航线以南京太仓为起点，以波斯湾霍尔木兹海峡北部的忽鲁谟斯（今伊朗荷姆兹）为终点，绘制记载往返各地的陆岸岛礁、针位更数、打水深浅，包括沿海城镇、山峰、宝塔、寺庙、桥梁等，详细标注各种地理地物名称。所有针路全部用虚线勾连起来，若单独辑出，便是一本《郑和下西洋针路薄》。其中，平潭境内的岛屿绘有三处，分别为牛渚（今牛山岛）、东墙（今东庠岛）、草屿。由北而南的航线针路为："用乙辰针平官塘（今连江马祖列岛）三礁（今七星礁）外过。用丙巳针取东沙（今连江西犬岛）。东沙用丹巳针三更船平牛山。"由南而北的航线针路为"乌丘山（今莆田乌丘屿）用艮寅针四更船平牛山。用丑艮针五更船取东沙山。东沙山用丑艮针一更船平官塘山。用丑艮针一更船取五虎山……"[20] 据此可知，五百年前伟大的郑和船队放洋往返世界各地，途经平潭海域都是从牛山外洋驶过。其时，平潭诸岛居民悉数内徙，荒芜多年，当浩浩荡荡的庞大船队从洋面经过，惊动的大概只有荒烟蔓草间流窜的野狐遗畜，想来也令人神伤。

　　明清收录针路簿之类的古籍很多，如《渡海方程》《海道针经》等等，后来的《筹海图编》《郑开阳杂著》《海防纂要》各书中"太仓使往日本针路""福建使往日本针路"都是根据前两种进行相互转录的。清康熙年间，琉球人程顺则也曾编纂《指南广义》一书在福州刊印。而民间流传的针路簿还有不少，见诸方志中的海道针路记载，如清乾隆版《福州府志》卷十三《海防》收录往返福宁（今宁德）、湄洲之间的"针经"；清嘉庆版《续修台湾县志》卷一《地志》编录台船至厦门"南北海道"；清道光版《厦门志》附录的"台澎海道"与"南北洋海道考"等，大多也是根据民间针路簿增补删减而成的。还有，因中琉之间的封贡关系，明清两代留下多种福州至那霸港之间的航海针路图。其中，明万历七年

（1579）率封舟出使琉球的萧崇业所编《使琉球录》特别值得我们注意，书中绘有《琉球过海图》，图中海岛"东墙山"赫然在焉，位列"三礁（今长乐地方）"与"平佳山（今台湾彭佳屿）"之间。[21]

再看明清两种海道针经《顺风相送》与《指南正法》，前者"福建往琉球"记有针路"太武（今厦门太武山）放洋，用甲寅针七更船取乌丘。用甲寅针并甲卯针，正南东墙开洋。用乙辰取小琉球（今台湾）头……""福建往暹罗（今泰国）针路"记有"五虎门开船，用乙辰针取官塘山。船行三礁外过，东北边使用巽巳针，取东沙山。西边打水六七托，用单巳针三更船平牛屿，用丁午针，一更坤未，二更坤申，一更平乌丘山……""（回针）……用单艮针七更船取乌丘山。用艮寅针三更船取牛屿。用艮寅五更取东涌山外过，取东沙山，入闽安镇，内是福州"。后者"大明唐山并东西二洋山屿水势"记有"福州五虎山，打水一丈八尺，过浅。乙辰针收官唐三礁外过。辰巽取东沙西边过，近山七八托，好抛舡（泊船）。单巳三更牛屿内过，屿有礁出水，打水念（廿）五托……""长崎回广南针"记有"用丁未七更取白犬。丁未五更取牛屿。丁未四更取乌丘……"[22] 另见《西洋朝贡典录》"占城国（今越南中南部地区）第一"节，记有"由福州而往，针位：取官塘之山。又五更取东沙之山。过东甲之屿，又五更平南澳……"

综上，在明清两代留下的许多海道针经（包括"针路簿"与"山形水势图"）中，位处海上通衢的平潭海域外围岛屿频频出现，如东庠岛（东墙山）、牛山岛（牛渚、牛屿）、东甲岛、草屿等，成为海船远航水路上重要的地理坐标。其中最重要的航标地，无疑又是牛山岛。清同治十二年（1873），万国公会出资修建牛山灯塔，原因便是充分认识到这个航标地的重要性。我们通过明清两代海道针经的梳理征引，也能清晰地看出前后相袭的历史渊源。

事实证明，这座沿用至今的牛山灯塔，一直都为中外船舶的航行安全保驾护航。

四

明清两代，每次朝廷遣使册封琉球国王，封舟东渡都要按例选派官兵护送。如明嘉靖十三年（1534）吏科给事中陈侃出使，封舟护送军用 100 人[23]；万历三十四年（1606）兵科给事中夏子阳出使，"方今浙直闽广处处寇钞……且得选锋壮丁，可资捍御"，所带人役近 400 人，来自镇东、万安、梅花、定海各卫所军 47 名，另有防御牙兵 34 名等[24]；清康熙五十八年（1719），翰林院检讨海宝出使，护送守备一员，千总一员，官兵 200 名[25]；清嘉庆十三年（1808）翰林院编修齐鲲出使，护送游击二员，官兵 220 名。清嘉庆年的这次册封，正值蔡牵海匪猖獗之际，时任海坛镇总兵的孙大刚还亲率一帮兵船为封舟护航，自闽江五虎门送出竿塘大洋后掉舵收回[26]。

海路一开，接踵而至的便是海防问题。早在两宋时期，移置钟门或苏澳的海口巡检，主要职责即是出海巡逻，缉私捕盗。与松林巡检、南匿（今南日）巡检并为福清三寨，各自驻兵数十、上百不等，共同保障兴化、福清、长乐之间的盐运海道。[27]到了明初，朱元璋实行海禁政策，严禁沿海居民私自出海，一是防范倭寇骚扰，"岛寇倭夷，在在出没，故海防亦重"；二是对付方国珍及张士诚余部，"余众多窜岛屿间，勾倭为寇"；三是"帝素厌日本诡谲，绝其贡使"。洪武二十年（1387），江夏侯周德兴入闽经略沿海地方，招募兵丁一万五千多人，筑城 16 座。次年设五卫十二所、三水寨三游营（海坛游其一，后续增各二，成五寨五游），以卫所制构筑起福建沿海的防御体系。[28]同时以防倭之名，又因守备李彝索贿不成而欺瞒上级，仅以三日为限，强行将海坛诸岛居民悉数迁徙内地，再逢海上暴风，人祸加天灾，酿成海坛岛民凋零大半的历史悲剧，生灵涂炭，惨绝人寰。此后在海坛岛所设的海坛游营，则隶属福州府小埕（今连江筱埕）水寨，以小埕水寨派员驻守岛中。[29]

那明初设置的海坛游营最终维持了多久呢？民国《平潭县志》卷三《大事志》引《天下郡国利病书》称："弘治（明孝宗年号，1488—1505）中，海宇晏清，倭不为患，民狃承平，寨游俱废。"事实上，这时间应该更早一些，明英宗正统九年（1444）烽火、南日水寨迁入内地，明代宗景泰二年（1451）浯屿（今金门）水寨迁入厦门，"议者以为弃其藩篱矣"。虽然明初海禁政策表面上取得了一定效果，实际上是自弃海疆，给大明王朝埋下了更大的危机。"而奸商酿乱，勾引外夷，自潮州界之南澳及走马溪、旧浯屿、南日、三沙一带，皆为番舶所据，浸淫至于嘉靖二十七年以后，祸乃大发。"[30]

明季嘉靖倭患，东南沿海尽遭荼毒，社会动荡，水深火热，人民生命财产损失无比惨重。其时，海疆危机与海防疏惰的局面，让许多亲历战场的文臣武将及其幕僚开始认真反思与审视海疆形势与海防建设问题，留下的著名历史文献，如戚继光的《纪效新书》与俞大猷的《正气堂集》，都是从实战中总结出来的海防思想与用兵经验。而同时期最具代表性的海防军事著作，则是刊刻于嘉靖四十一年（1562）的《筹海图编》。该书系嘉靖平倭主帅胡宗宪的幕僚郑若曾编纂，是明代海防史料与海防思想的集大成者，对后世有着极为深远的影响。略举数端，他在书中总结的"如愚见，哨贼于远洋而不常其居，击贼于近洋而勿使近岸，是之谓善体二公立法之意而悠久可行矣"[31]，清康熙朝大儒姜宸英《海防总论》

引用此论称"斯策之最善"。而《海防总论》一文，后来的清道光朝严如煜《洋防辑要》、魏源《皇朝经世文编》等书均有收录。再有，康熙二十二年（1683）清廷收复台湾，工部尚书杜臻奉命与内阁学士席柱巡视闽粤，事后杜臻写成《海防述略》，"胪列沿海险要形势及往来策应诸地"，对照福建部分，也多半征引《筹海图编》，并无更多新意。郑氏的"防寇之法三策"，还见诸清初韩奕《海防集要》一卷。

关于福建经略的论述，郑若曾提出久长之策是"修复海防旧规，处置沿海贫民得所，使不为贼内应是也"。所谓"海防旧规"，即是明初的卫所制防御体系，包括恢复以前的"福建五寨"。如小埕水寨，"小埕北连界于烽火，南接壤于南日。连江为福郡之门户，而小埕为连江之藩翰也。海坛、连盘（今福清东瀚地方）雄踞耸峙若南屏，然为贼船之必泊。其所辖闽安镇、北茭、焦山诸巡检司，为南北中三哨。无事往来探视，有警协力出战，则此寨之设，为不虚矣"[32]。嘉靖四十二年（1563）任福建巡抚的谭纶也上疏建言："五寨守扼外洋，法甚周悉，宜复旧。"此后，五水寨重建，海坛、浯屿游营亦随之添设，时在明穆宗隆庆元年（1567）。另据曹学佺《海防志》，当时海坛游额定兵船30只，官兵669名。设官把总，起初为名色把总，后与元钟（悬钟，今诏安梅岭）两地改授钦依把总，以重事权。[33]

隆庆三年（1569），南方倭患再起，闽粤浙沿海均受侵扰。有鉴于嘉靖之祸，东南海防整饬渐为得力，万历十六年（1588）南倭余患平息。[34]万历二十年（1592），时任福建巡抚许孚远奏议在海坛、澎湖诸屿修筑城池，以加强沿海防务，但朝廷是否允准，并无下文。万历二十五年（1597）秋，时年41岁的一代名将沈有容应福建巡抚金学曾之请出任海坛把总，越年调任浯铜

（屿），长乐陈省为之作《海坛去思碑》[35]。其时，西方殖民者的海上力量开始进入东南亚，不时觊觎台澎并骚扰闽粤沿海，海防形势更为复杂。而海坛游兵强船多的光景并没有维持很久，明末闽县董应举《崇相集》中《漫言》一篇记崇祯二年（1629）事提及海坛："海坛游，原驻海坛观音门（今观音澳），有船二十余只，沈有容尝击倭于东碇（今连江东沙）矣。今船少将懦，入居镇东（今福清海口）则海坛为空设，非复其旧不可。"[36] 到了明末清初，海坛岛成为清廷与南明双方攻防争夺的海上据点，又是数十载的兵燹烽火，海坛岛民再度遭受战乱的无情摧残，禁海迁界，民不聊生。

五

"海在福建为至切之患。"这是明末清初著名学者顾祖禹的论断。他的《读史方舆纪要》是一部跨时代的历史地理巨著，梁启超在《中国近三百年学术史》中评价其"专论山川险隘，攻守形势，而据史迹推论得失成败之故，其性质盖偏于军事地理"。张之洞《书目问答》将其列为兵家论著。顾祖禹论及福建形势指出："海中岛屿，东南错列以百十计，但其地有可哨而不可守者，有可寄泊而不可久泊者。若其最险要而纡回则莫如彭（澎）湖……备不可不早也。又海中旧有三山之目，彭湖其一耳，东则海坛，西则南澳，皆并为险要。守海坛，则桐山（今福鼎市区）、流江（今福鼎沙埕）之备益固，可以增浙江之形势。守南澳，则铜山（今漳州东山）、玄钟之卫益坚，而可以厚广东之藩篱。此三山者，诚天设之险，可或弃而资敌欤？"[37] 追溯起来，顾氏"三山之目论"一样其来有自，如明万历四十一年（1613）刊刻的章潢《图书编》所论已备，视"海上三山"为五寨之门户："海上有三山，彭（澎）湖其一也。山界海洋之外，突兀迂回，居然天险，实与南澳、海坛并峙为三，岛夷所必窥也……三山之犄角既成，五寨之门户不益固哉？"[38] 而更早成书的《登坛必究》也有类似论述："试观浙之舟山、闽之海坛、粤之南澳，皆称膏腴。然其守之者，良以固内地之藩篱耳。"[39]

值得注意的是，《读史方舆纪要》有篇序言由吴兴祚所撰。吴序称："其词简，其事核，其文著，其旨长，藏之约而用之博，鉴远洞微，忧深虑广，诚古今之龟鉴，治平之药石也。有志于用世者，皆不可无此篇。"[40] 可谓是赞誉有加、推崇备至。而康熙十九年（1680）二月，提督万正色督师自郑经守将朱天贵手中夺取海坛，福建巡抚正是吴兴祚。事后，福建总督姚启圣上《议设要汛疏略》，提到"沿边设镇，贵度人地。海坛势据上风，为福、兴要地，又与厦、金相去悬隔……必选择能将，自为操纵，始可无虞"，促成了原来驻扎镇东卫（今福清海口）的援剿左镇改为海坛镇，并于康熙二十二年（1683）移驻海坛岛中。[41] 若自渊源回溯，顾氏"三山之目论"极可能是其重要的理论依据之一。

比顾祖禹稍早还有一位研究海防地理的大儒顾炎武，他编著的《天下郡国利病书》《日知录》都是经世致用的旷世巨著。其中对沿海形势也有精辟论述，提出"闽安虽为闽省东口咽喉，海坛实为闽省右臂之扼要也""金（门）为泉郡之下臂，厦（门）为漳郡之咽喉"[42] 等论断，同样对有清一代的海防思想影响深远。其后，自清雍正年陈伦炯《海国闻见录》、道光年魏源《海国图志》到光绪年的徐家幹《洋防说略》，几乎相沿转述，一脉相承。现藏于国家图书馆清嘉庆年绘制的《盛朝七省沿海图》，图中旁注文字仍是此一论断。[43]

清朝上中叶，作为海洋通路与水师重镇，海坛地方战略地位十分紧要。康熙朝后期，清廷一度禁止内地商船往贩南洋，至雍正五年（1727）取消，前后历时十年。康熙皇帝曾谕旨明令："其南洋吕宋、噶喇吧（今印尼雅加达）等处一概不许内地商船前去贸易，俱令在南澳、海坛等要紧地方严行截住……[44]"巡洋会哨、稽查不轨是水师平时最重要的常规任务之一。康熙五十六年（1717）兵部覆准，海坛、金门两镇各分疆界南北总巡，每年二月初一日出洋，九月底撤回。十月、十一月以左营游击出洋总巡，十二月、次年正月以右营游击出洋总巡。海坛镇三月初一、九月初一与金门镇会哨于涵头港，五月十五日与浙江温州镇会哨于镇下关。[45]嘉庆七年（1802），福宁府陆路镇标左营改水师后，海坛、福宁两镇则改在北竿塘（今连江马祖北竿岛）会哨。[46]另外，由闽入浙或由浙入闽的商船均要在海坛、南澳等镇协营所辖要汛挂号验关，海坛镇辖区所设的挂验汛地，左营有旗竿尾汛，右营有壁头、南日、平潭水仙宫等汛。[47]

　　另见清朝君臣往来的奏折之中，"孤悬海外的海坛镇地方紧要"一直都是朝廷上下的共识。如乾隆四十九年（1784）二月十九日海坛镇总兵刘峻德奏到任日期事，言"海坛为福州省会之藩篱，全厦台澎之扼守，滨海要地，责任匪轻"[48]；乾隆五十五年（1790）七月二十日，闽浙总督伍拉纳奏委署总兵事，言"海坛一镇，孤峙海中，洋面最为紧要，必得副将大员方资弹压"[49]；道光八年（1828）三月二十日海坛镇总兵汤攀龙奏到任谢恩由，言"海坛为闽省外海水师重地，整顿营伍，查缉匪徒，在在均关紧要"[50]等等。作为清水师重镇，海坛镇除了日常缉匪捕盗之外，自然还要承担起战时出征的重大职责。战事主要在台湾方面，无论是康熙朝的朱一贵事件、乾隆朝的林爽文事件，还是同治朝的戴春潮事件，海坛镇均免不了调兵遣将，东渡平乱。尤其是嘉庆朝，水师提督李长庚总统闽浙水师围剿蔡牵海匪集团，海坛镇与温州镇是其中两大主力水师，发挥着中流砥柱的关键作用。

而降至道咸以后，西方列强倚仗坚船利炮频频叩关，随着两次鸦片战争的爆发，一系列丧权辱国的不平等条约相继签订。福建方面，福州、厦门、台湾（安平）、淡水等口岸被迫开放，外国舰船可自由出入，东南沿海门户洞开，海疆防线已然沦为虚设。[51]同治七年（1868），英舰在台湾安平挑起樟脑战端；同治十三年（1874），日军进犯台湾牡丹社。其时，出任闽浙总督的左宗棠已完成对福建绿营"裁兵加饷"的改制（海坛镇两营标兵裁去一半，仅留九百余名），同时积极创办马尾船政局。他在福建布防调整的想法是："内地沿海各镇，除海坛、南澳二镇距厦门稍远，仍应照旧制分驻巡防外，其金门一镇与水师提督同驻同安县辖地方，相距最近，自应改为副将，归水师提督专辖，以一事权。"他强调，"二百年兵制相沿未改。情形今昔迥殊，有宜因时变通，未可拘执成例者"，认为将金门镇总兵改为副将，"可收因时制宜之效"。[52]但他的意见并未得到朝廷的首肯。应该说，牡丹社事件之后，清廷最大的觉悟乃是重新认识到台湾海防的重要性。自此之后，台湾已由清初康熙口中的"弹丸之地，得之无所加，不得无所损"，彻底转变为"七省藩篱"及"中国海防第一门户"。[53]这是中国近代海防思想的一大转捩点。

在中法马江海战之前，马尾船政局已经制造出大小兵轮十七艘。[54]在"师夷长技"思想指导下的清末"洋务运动"，表面上取得了长足进步，也博得"同光中兴"的虚名，但最终没能改变王朝的命运。经光绪十年（1884）马江一役，福建水师战船几乎损失殆尽。所幸的是，清军随后在北越与台湾战场相继取得局部胜利，挽回一些所剩无几的颜面。战后，主持台湾大局的福建巡抚刘铭传上奏朝廷："臣到台一年，纵观全局，澎湖一岛，非独全台门户，实亦南北洋关键要区，守台必先守澎，保南北洋亦须以澎厦为管钥。"[55] 形势所迫，光绪十一年（1885）九月，台湾建省。诏曰："台湾为南洋门户，关系紧要，自应因时变通，以资控制。"[56] 次年，刘铭传奏请澎湖副将与海坛总兵对调，原因是当时全国各地绿营制兵、职官均不得随意增添，为了加强澎湖防戍，只好与海坛镇对调。光绪十三年（1887）兵部核准，改澎湖副将为总兵，以海坛中军兼左营游击为澎湖中军兼左营游击；改澎湖左营都司为海坛左营都司兼中军；改海坛右营守备为澎湖左营守备等。[57] 在筹议将澎湖、海坛镇协互调事宜的奏折中，闽浙总督杨昌濬仍以为"海坛为福州海口藩篱，与闽安有辅车之势。惟距省垣较近，声势尚易联络"[58]。改镇为协后的海坛协与闽安协归福宁镇兼辖。遗憾的是，虽然历经一番大力整饬，但闽台海防并没有迎来更好的结局。光绪二十年（1894）甲午战败，中日签订《马关条约》，不得不将台湾全岛及附属岛屿、澎湖列岛拱手割让日本，成为中华民族近代史上最为不堪的国耻。

综上，纵观明清两代，平潭地方因为特殊的地缘所在而延伸出海路要冲与海防要塞等诸多角色地位，自身命运的跌宕沉浮，总与国家兴衰的历史进程紧密相连，休戚相关。明清两代，五百多年的沧桑历程风驰电掣，但历史命运烙下的胎印血痕多少仍历历可辨。回顾所及，也不得不令人感慨系之。

辛丑冬月

注：

[1] 平潭方言"大礁"音同"蜻蜓"，故云"有翼无翼"。

[2] 参见中国航海博物馆编著《海帆远影》第二章《指向行舟》，第98—102页。

[3]　张燮《东西洋考》卷九《舟师考》。

[4]　参见羊泽林主编《平潭与海上丝绸之路》第二章《平潭水下文化遗产》。

[5]　梁二平《中国古代海洋地图举要》第148页。

[6]　章巽《古航海图考释》，转引自王强编《海不扬波：平潭舆图辑》。

[7]　针位即我国古代航海罗盘指针方位。由十二支、八干及四维组成二十四个方位，又分正针（单针）、缝针，故有四十八个方位，每相隔七度三十分。"单未"是正针，"甲寅"是缝针。更为我国古代航海的航距名称。黄省曾《西洋朝贡典录》："海行之法，六十里为一更。"张燮《东西洋考》："如欲度道里远近多少，准一昼夜风利所至为十更。"陈伦炯《海国闻见录》："每更约水程六十里，风大而顺则倍累之，潮顶风逆则减退之。"郑若曾《筹海图编》卷二上《使倭针经图说》："更者，每一昼夜分为十更，以焚香枝数为度，以木片投海中，人从船而行，验风迅缓，定更多寡，可知船至某山洋界。"《续修台湾县志》卷一《地志》："每一日夜共十更。每更舟行可四十余里；而风潮有顺逆，驾驶有迟速。以一人取木片，赴舟首投海中，即从船首疾行至船尾，木片与人行齐至为准；或人行先木片至，则为不上更；或木片先人行至，则为过更。"另参见《顺风相送》"行船更数法"一节。

[8]　向达校注《两种海道针经》"各处州府山形水势深浅泥沙地礁石之图"，第31页。内过，指船只从岛屿之间或陆地与岛屿之间过；外过，指船只从岛屿向外海一侧过。

[9]　向达校注《两种海道针经》，第144页。另据《平潭县海域志》，东甲岛东有小甲岛、东限岛，西有秤屿，南边水域有南甲蛋礁、沉水塍礁、沉水坫礁、磨人礁等。疑"鸭屎""甲卯""沉水"皆系礁名，或有讹文。

[10]　周凯、凌翰等修纂《厦门志》，道光十九年刊本影印本，第97页。

[11]　朱正元《江浙闽三省沿海图说》。

[12]　《闽省水师各标镇协营战哨船只图说》，德国柏林国家图书馆藏。

[13] 康熙壬子年重修《福清县志》卷一《地舆类》。

[14] 顾祖禹《读史方舆纪要》卷九十六《福建二》，第4398页。另，梁克家修纂《三山志》卷六《地理类六》作"二练门相去十里，无便风停留或逾月"，此说或为后世所本。

[15] 林焜熿、林豪修纂《金门志》卷五《兵防志》，第91页。

[16] 《平潭县海域志》第123页。

[17] 李增阶《外海纪要》。流，潮也，逐流即逐潮，一流即一潮。

[18] 李元春《台湾志略》卷一："通洋海舶，掌更漏及驶船针路者为火长，一正一副。"徐葆光《中山传信录》卷一《封舟》："正伏（火）长，主针盘罗经事。副伏长，经理针房，兼主水鉤，长缒三条，候水浅深。"

[19] 《海帆远影》第二章《指向行舟》，第115页。

[20] 《新编郑和航海图集》第6、32—33页。

[21] 萧崇业《使琉球录》"琉球过海图"，《使琉球录三种》，第55—61页。

[22] 向达校注《两种海道针经》，第95、51、115、180页。

[23] 陈侃《使琉球录》"使事纪略"，《使琉球录三种》第10页。

[24] 夏子阳《使琉球录》卷上，《使琉球录三种》第246—247页，第201页。

[25] 徐葆光《中山传信录》卷第一"渡海兵役"。

[26] 嘉庆十三年闰五月初三闽浙总督阿林保福建巡抚张师诚《奏为册封琉球使臣现已登舟候风放洋恭折奏闻事》。

[27] 梁克家修纂《三山志》卷六《地理类六》，第60页；卷十九《兵防类二》，第213页；卷二十四，第295页。

[28] 《明史》卷九十一、志第六十七、兵三，第2243—2244页；《明太祖实录》卷一百八十八，洪武二十一年二月，第2818页。

[29] 民国《平潭县志》卷三《大事志》、卷二十四《艺文志》

[30] 顾祖禹《读史方舆纪要》卷九十五《福建一》，第4377页。

[31] 郑若曾《筹海图编》卷十二上《经略三》"御海洋"。

[32] 郑若曾《筹海图编》卷四《福建事宜》。

[33] 民国《平潭县志》卷三《大事志》；另按，"（把总）用武科会举及世勋高等提请升授，谓之钦依；由抚院差委或指挥及听用材官，谓之名色。"

[34] 参见王仪《明代平倭史实》之《明代两大外患的平息》一节。

[35] 沈有容辑《闽海赠言》。

[36] 董应举《崇相集》卷四《议二》。

[37] 顾祖禹《读史方舆纪要》卷九十五《福建一》，第4377页。

[38] 章璜《图书编》卷五十七。

[39] 王鸣鹤《登坛必究》卷十。

[40] 顾祖禹《读史方舆纪要》原序二，第10页。

[41] 民国《平潭县志》卷三《大事志》。

[42] 顾炎武《日知录》卷二十九。

[43] 《盛朝七省沿海图》，清嘉庆年间彩绘本，国家图书馆藏，索书号068.2/2/1798。

[44] 《康熙五十六年兵部禁止南洋原案》，康熙五十六年正月二十四日，《"中央研究院"历史语言研究所现存清代内阁大库原藏明清档案》，第39册，B22301。

[45] 《大清会典则例·乾隆朝》卷一百十五《兵部》。

[46] 《清史稿》卷一百三十五，志一百十，兵六，第4014页；林焜熿、林豪修纂《金门志》卷五《兵防志》，第91页。

[47] 民国《平潭县志》卷十六《武备志》。

[48] 台北故宫博物院图书文献馆档案035863。

[49] 台北故宫博物院图书文献馆档案045178。

[50] 台北故宫博物院图书文献馆档案059921。

[51]　　《福建海防史》，第224页。

[52]　　左宗棠《左文襄公奏疏·初稿》卷三十七。

[53]　　周宗贤《清代台湾海防经营的研究》，第59页。

[54]　　姜鸣编著《中国近代海军史事日志》附表十，第286—287页。

[55]　　伊全海等整理《清代福建大员巡台奏折》，福建巡抚刘铭传《条陈台
　　　　澎善后事宜折》，第553—556页。

[56]　　连横《台湾通志》卷三《经营纪》，第66页。

[57]　　徐雪姬《清代台湾的绿营》，第37页。

[58]　　《明清宫藏台湾档案汇编》第204册，第82—87页。

平潭人的食谱

　　俗话说"民以食为天"，旧时平潭人吃什么呢？

　　靠海吃海，靠山吃山。那海有海鲜，山有什么？

　　平潭的山上主要是番薯、花生两种，旧时民谣，有句"平潭岛平潭岛，地瓜多大米少"，这是真实的写照。原因是平潭地多丘陵沙渍，田地稀少贫瘠，虽也有粳米、大麦、小麦、大豆、绿豆、蚕豆、豌豆等，但所出不多。修纂于1922年的民国《平潭县志》有份当年的农产物表，总产量30万石，番薯14万石，花生8万石，两项合占七成有余。想想看，那时平潭人口8万多，按地产算下来，年人均口粮不及400斤，日人均1斤出头，若扣除花生、豆类，平潭人仅仅靠本县地产是吃不饱的。再看1944年2月29日《福建训练月刊·第三卷·第二期》刊登的《平潭素描》一文，作者是湖南人王封五，抗战时期曾在平潭训练所任教育长，那时全县人口11万，"柴米均仰给于外县，人民以地瓜为主要食粮。但全县地瓜产额，不敷半年之粮"。可见，自清末民初算起，平潭地产口粮"出不敷用"的民生困境至少延续了半个世纪之久，"三块薯圆一碗汤"，饥饿的童年是旧时许多平潭人共同的人生记忆。

　　前人也有种说法，认为平潭土产以小麦、番薯及花生为三大宗。而1922这年的小麦产量仅30000石，粳米、大麦各12000石。大宗，说来勉强，但至少说明了小麦的重要性。记得小时候常听一支歌谣："米磨麦，做粿食（方言读入声，吃的意思）。糖便宜，粿好食。多做两块伊弟（妹）食，伊弟（妹）食了得乖乖，田园起季得去做……"磨麦做粿，说起来真是件奢侈的事，若不是逢年过节，难得一见。想当初，家里偶尔改善伙食，那叫煮"咸三顿"，"咸三顿"多是面食之类，没有"米磨麦"，何来"咸三顿"？米饭该是最高级别了，全年都吃不上几回。在大米饭上沃一小勺葱头油拌开，香上添香，那就是人间美味。在我们的方言里，"吃饭"是"食三顿"，"咸""更"同音。"咸三顿"，在字面上理解可以是"吃上有味道的饭"，而吃得上"咸三顿"，确实是实实在在地改变了我们的三顿之常。这平日三顿之常，无非是番薯为主食，不是番薯糜，就是番薯杠、薯干、薯米（条），一年到头，没完没了。

可见，番薯对传统平潭人的重要性，怎么说都不为过。有次在福州游乌山，遇见山顶有座先薯亭，边上有块碑记。我这个吃番薯长大的人没敢错过，细细地看下来，才知道番薯原产吕宋（今菲律宾），明万历年间由长乐人陈振龙想方设法引入家乡。适逢闽中久旱，颗粒无收，时任巡抚的杭州人金学曾全力倡导种植，帮闽人渡过难关，自此推广开来。先薯亭，就是纪念这二位先人的。番薯还有个别称叫"金薯"，也是由此而来。我想，此后番薯惠及全闽，而平潭海岛对番薯的依赖无疑更甚其他地吧？若看看1922年农产物表的亩产量，当年粳米、大小麦的亩产是3石，花生是4石，而番薯则是20石，同样一亩地，番薯产量是花生、粳米、大小麦的五六倍！"平潭地尽沙渍，稻田稀少，民食皆赖是物"，这话丝毫不虚。先薯亭的那二位先人，我们平潭人得好好记住。

平潭的地产大宗，除了番薯，另是花生。花生是经济作物，可榨油出售。以前，我们日常三顿之外，饿了大都只能吃一把花生。渔民出海、渔场转移时常带在身边的食物也多是花生，既是宵夜，也是零食。"吃花生，讲冇话（意为闲话）"，花生与闲话成了一对搭档。现在花生仍是休闲食品，说来也算源远流长。而怎么吃花生？记得儿时还有个顺口溜："一煨（意为埋在灰烬里焖熟，或写作'煿'）二炒，三焙四熁（意为用大锅蒸），五焄（意为放在篾子上蒸）六生……"大意是将花生按不同吃法不同口味依次排名，共有十种，很有意思。这是不是说，只有食物贫乏的平潭人才会钻研得这么细致精深呢？

一方水土养一方人。平潭特有的生态环境和地产条件，不仅培养出平潭人吃苦耐劳、勤俭为本的族群秉性，同时也形塑着平潭人的体格性情与生活习惯。直至今天，虽然我们的生活条件大幅提升，但是多数平潭人的一日三餐依旧极为简单。延续着旧有习惯，一般为"两稀一干"，早晚稀饭，中午干饭，稀饭还是以地瓜稀饭（番薯糜）为主，干饭则兼有粉面粗食。番薯吃多了，我们把自己的方言口音也自嘲为"地瓜腔"。似乎在我们的腔调里，生来就带上了一股番薯味。

在平潭，唯一丰富的食物自然是海产。清末的施天章说："东小庠黄鱼作顿，大小练紫菜名乡。"据民国王封五先生的观察，"（平潭）产鱼盐，出海味，如金蟳、蝴蝶干、鱼翅、鱼皮、鱼肚等，其他鱼类甚多，人民常以鱼养猪，且常鱼当饭吃，饭当菜吃"。换成现在的话来调侃，那时的平潭人没什么东西吃，只好吃大小黄鱼度日。就连家养的猪，也是用海鲜喂大的。"鱼当饭吃，饭当菜吃"，这在今天听来引人发噱的话，实际上道出的是口粮不足、三餐不继的无奈过往。

事实上，多数的平潭人几乎日日不离海鲜，新鲜的、封腌的、晒干的种种不一，反正是"无鲜不香""无鲜不成餐"。海鲜的吃法多种多样，白灼、清蒸、红烧、糖醋；煎的、炸的、炖的、煮的……最为方便简单，也最为经常的做法大概是家常水煮了，不管鱼大鱼小，大的切块切片，小的整只整条，佐料一拌，加水一焖，即是番薯糜的"佐配"了。其中，物廉价美的龙头鱼、奇丑无比的安康鱼、"鲳鱼头马鲛鼻"等，仍是时下广受欢迎的"佐配"鱼鲜。有人说，平潭人鱼鲜吃得多，所以男女身材多强壮高挑，男英俊，女健美。个中原因与否不论，但不可否认的是，我们身上的骨骼肌肉主要来自番薯与海鲜的合谋。

在平潭人的传统食材中，以番薯、海鲜为主，辅以花生，基本是常见的二加一组合。就是这貌似简单的组合里，传统平潭人还是翻出变化丰富的食谱来。单一个鱼肉，可鱼丸、可鱼面、可鱼片、可鱼卷、可鱼饺不一。单一个番薯，可块、可片、可丝，可煮、可烤、可炊，还可以"糜为签、碾为粉"。这个番薯粉又可以大做文章，碾成的番薯粉，可以做番薯丸、番薯面、番薯签，也可以用来碾鱼、碾肉、碾蛏、碾海蛎，做出的成品就叫"鱼碾""肉碾""蛏碾"等。有人说，平潭的食谱是靠番薯粉"碾"出来的。这话有一定的合理性，你看"有名堂"的传统名吃，如八珍炒糕、时来运转、天长地久、鲳鱼滑粉、海蛎煎、花生薯粉结等，番薯粉都在其中扮演着关键角色或重要推手。

现在平潭人不缺吃了，但吃得饱不等于吃得好，有得吃也不等于懂得吃。吃海鲜是平潭美食之大宗，什么时节吃什么，老平潭人可是最有讲究的。就像渔歌民谚所流传的，"春鳗冬带夏肉披（鲹鱼）""正月虾姑十二月蟹""六月乌姆天下宝（九月乌姆多人爱）""六月鲲，没吃就过时""十月七星坠地，鲻鱼没味""八月十五过，蛏蛤莫抵厝""三月丁香，七月虾米"……说的既是鱼汛，也是买海鲜、吃海鲜要遵循的时令。若是在错过的时节里吃过时的海鲜，用平潭的老话说，就是浪费了嘴。比如说，农历七八月处暑间的鲲，又多又肥又便宜，煮出来黄油闪闪，鲜美可口，最宜下饭，一过当季便柴而无油，不如不吃。再有，金蟳得赶在冬至前吃,过了冬至,金螯开花放籽,你该选择壳硬膏满的螃蟹了;若是农历三月遇见鲥鱼,尽管下手买,那是"三月肉披小鲥鲦"。老话说,"山的麂鹿獐,海的鲥鲦马鲛鲳",鲥鱼之美,可想而知。春夏之交是鲥鱼当令,肉质细嫩。而清蒸鲥鱼也要讲究,不可去鳞,因为它富含脂肪的脆薄鳞片遇热则化,蒸过后化入鱼肉,更添鲜美。还有,鲩鱼灯大米粉和带鱼煮线面,这是老平潭人珍藏版的两道名品,如果没有适时的鲩鱼与带鱼,也煮不出那个味儿。鲩鱼讲究的仍是腴美,油脂饱满,米粉讲究的是既粗且松,这样才能入味。而带鱼讲究的是又宽又厚,煮出来的汤面能泛开一层锡箔般的鱼皮,那样的味道便差不多了……

吃海鲜重"鲜",简单的理解就是重原汁原味,重本色本味,无可厚非。而老平潭人在这点上要求过甚,几近苛刻。在他们的食谱中,"天然""本地"往往是关键词。天然胜过养殖,价格贵过养殖,理所当然。不好理解的是,同样是梭子蟹,我们称"正蟹"(如同岩茶中的"正岩"),还要强调本地蟹。其他亦然,本地虾姑、本地马鲛、本地带鱼,推而广之,本地鸡、本地猪、本地羊肉等等。此类食材,一沾上"本地"二字,身价立涨,备受青睐。似乎本地的便一定胜过异地的,不可争辩。就像一句老话说的,"本地牛只食本地草",带着一份固执且可爱的偏见。本异之别,有些是品种不同,如本地虾姑与台湾虾姑,一目了然。有些则不然,看是看不出来的,只能靠舌头辨味了。如果你非要问个究竟的话,老平潭人常用的形容词多是"吃起来加甜的"。"加甜",意思是入口更甜些。这话大概只有平潭人自己听得懂吧,"自家人说自家话",心口不宣,相引为知味知音。

大约是 20 年前,印象里有位户外登山的平潭老乡在世界某高峰成功登顶,事后接受媒体采访,谈及下山后最想吃到的美食,无非是盼着飞回家乡，惦记着妈妈做的"蟹炸山东白"。这么多年过去，那个老乡和那座山峰的名字我都忘了，倒是他提到的这道"蟹炸山东白"却深深地留在记忆里。人的味蕾有着超强的记忆力，特别是你童年吃过的家常菜，无论你走得多远，或者过了多久，它总是紧紧地揪住你的胃，时不时地唤醒你的口水。所以说，什么是乡思乡愁呢？要你举出有声有色、有滋有味的一件来，无疑是家乡的食谱与童年的味道吧？教人依依不舍、念念不忘的活色生香，非它莫属。

甲午冬月

辑四　沧海月明

沧海月明珠有泪，蓝田日暖玉生烟。

——唐·李商隐《锦瑟》

老家旧事

我的老家在五显宫，流水五显宫。我是五显宫人。

五显宫是个小村，东西分别与土埕、流水两村相邻。流水湾拐角的东侧原是一片起伏绵延的沙丘，方圆数里。沙丘北面临海，隔海相望有红屿仔、小庠、东庠诸岛。沙丘南面背风处呈半弧形环抱，此处便是五显宫村民最先的聚居地。上溯百年前的民国初期，这里只有魏、蔡、张三姓族人，十户人家，大小丁口仅七十人。老魏家来得最早，那时也不过第四代，是我曾祖父的辈分。

五显宫有了自己的村名，大概也是在那个时候，再早也早不过清末。村因宫而名，这个"宫"是庙观"五显宫"，供奉五显大帝，始建于清光绪年间。五显宫原是一座小庙，我小时候见过，依偎在沙丘跟前，格局湫隘，后来半边埋入黄沙，更显阴暗神秘。早前的老房子多是依着小庙走向，在它的南面前后平行排开。我们家也是，坐落在最前排，背东面西，视野空旷。门前开阔的埕地外接小学操场，右手是一排瓦屋顶校舍，左手是高低错开的两口水井，旁边有一条笔直西去的溪流。越过小学操场之外，是流水村的地界，阡陌平畴，一览无余。再远处是南北横亘的丘陵台地，红土裸露，更远处是其色苍苍的巍巍君山。那时，我还很小。

在我们父祖辈的经历里，沙丘下的这一圈儿就是五显宫的原生地。而后期村子的发展几乎是头也不回地往南拓去，我们家后头的那片老祖屋再也无人理会，残垣断壁，任其荒芜。当流水至东美的公路从村中修过去，以公路为界又将村子分成了南北两片，北是上厝——"街顶厝"，南是下厝——"下底厝"。"下底厝"

边上是流水中学，一条南北村道从校舍操场间穿过。那时，每逢有邻家堂兄弟搬走，虽然还在村子里，南北只不过是隔了条公路而已，却总让我生出许多莫名的惆怅与不舍。在当初朦朦胧胧的直觉里，"街顶厝"的热闹正逐年地被风刮走了。

　　吾生也晚，到我记事的二十世纪七八十年代，村后的沙丘上已经长满了木麻黄树。这一带我们习惯称为"垱顶"，意为沙垱之顶。据说，以前沙垱能挡沙，而到了我这辈，沙垱已挡不了沙了。据父辈的说法，原因是木麻黄未栽上，沙丘还蒙着一层绿草皮，栽上木麻黄，草皮反而没了，风一来便起沙。在父辈的童年里，炎炎夏日，夜晚全村老小都会聚在垱顶纳凉，南风习习，草露清凉。这种情景我是见不着了。在我的印象里，一旦北风劲吹，便是沙儿飞舞。早上起床，席子、被子上都是一层细沙，头发、鼻孔、嘴角也沾满了沙子。

　　那个年代家家户户都用大灶烧柴火，垱顶的木麻黄林便是我们取草的首选地。放学周末假期，林子里四处是箍草的小孩，人手一只竹筐一把竹箍梳，箍的是木麻黄树落下的枯枝落叶。我混在其中，一来是学校布置的任务，每周得带一筐树叶子交到学校的食堂；二来是母亲管得严，正好乘机出门撒野。能箍多少草，似乎从未当一回事。有得箍就箍会儿，没得箍便与小伙伴们变着花样找乐子。或是捉迷藏，或是比爬树，或是翻跟头，或是打脚战，或是挖沙捉沙蜂，或是烤地瓜、煨花生，或是猜拳赌输赢，赌的是自个儿筐里的柴草。刺激点的赌法是沙坡俯冲比跳远，印象中某年小学校舍改建成两层楼，没多久北侧的飞沙就堆卷出一层楼高的沙堆，我和小伙伴们竞相从二层楼顶纵身跃下，人仰马翻，相谑哄笑。暑假，我们偷偷去海边游泳，一个个脱得精光，那打湿的短裤背心，就铺在晒得发烫的沙地上烘干。回到家里，那从沙地里滚打出来的模样，满头大汗，灰头土脸，往往惹得母亲生气，免不了一顿竹篾棰子的招待。现在想来，我们都是在沙子中滚爬长大的孩子。

可能也是想刹住我的玩心，小学三年级，母亲便要求父亲把我从家门口的五埕小学转到了流水中心小学。后面的那几年，我时常穿过垱顶的林子去上学，五六里路，不论刮风下雨，一天两趟来回。那时，家里养的一条大黑狗总是跟着我走过林子，走到在沙垱外两村交界的小溪口驻足，摇着尾巴，看着我走远了才转身跑去……有次台风天，我裹着条对折的老式大米布袋，穿过沙垱，便能望见远处汹涌咆哮的浪潮，像一堵堵高墙般前赴后继地推上沙滩，浪花高卷，惊心动魄。我记得自己伫立在那儿眺望许久，大黑狗也在身边，时不时抖身摆臀，雨水四溅。

说起来，我们村的传统生计无非是半渔半农，海上捕鱼，陆上耕田。只是，比起一些邻村，我们要辛苦很多。虽是海边，却隔着一座大沙丘，船靠流水澳，鱼货都是一担一担地挑回来的，要在松软的沙地上小步快走三四里地。田园也远，还在"下底厝"南边的两三里地。小时候跟着母亲下田，她挑一担肥出去，中间都得歇上三两趟，我只能眼巴巴地看着汗水顺着她的鬓颊滑落，濡湿了她乌黑的长发。田园那一带的地方我们叫"流尾山"，据说早前南来的海潮可以涌到这儿。共和国初期"农业学大寨"，全村集体开荒，挖山填土，硬生生垦出好几百亩的田地来。田头的土坡上，后来多被辟成先辈的坟地。那个年代我的父母正值"后生龄"，他们的那段姻缘，据说也是在垦荒时代的劳作中播种发芽的。现在，这几百亩地已经征迁，不种庄稼了，种上了一排排高楼大厦。真是不可思议。

在这片田园的中段，原来还有一口不小的池塘，藻荇纵横，水鸟翔集，四周绿草萋萋。那儿常常遛着几头老黄牛，低头，甩尾，嚼草。每个夏季，村里的孩子总会聚到这儿游泳。可惜的是，这般光景后来中断了。那年村里的一条运输船在流水海域触礁，我同族叔伯辈的两位亲兄弟不幸溺亡，尸身拉到了池塘边清洗收殓。自此，再没人敢去那儿游泳了。在我的记忆里，那是个噩梦般的夏天，凄凉的哭喊声在村子里日夜回荡，人心惶惶，看不见一个人的笑容。这种至痛的遭遇，我们家后来又经历了一次。2003年大年初三，我的两个舅舅在海中遇难。那是个寒风凄厉的正月，母亲撕心裂肺的哭声让人绝望……身为海边人，大海是我们的一种宿命。它的博大、深邃、美丽、无常，既安放着我们许许多多的希望与梦想，也吞没了我们无数悲伤的泪水。

在我们的家族史中，这样的惨痛并非一代两代。民国时期，我爷爷的两个亲兄长，也是老大、老二，也是同一条船、同一天双双蒙难。留下各自的孤儿寡母，改嫁的改嫁，招赘的招赘，辗转延伸出后世纷扰复杂的人情恩怨，一言难尽。其时爷爷尚小，投亲无着，四处飘零，最后被同族的堂叔收养入嗣。爷爷的堂叔兼养父，便是庇荫我们三代人的我的曾祖父。这个地地道道的老渔民，十几岁上船，六十几岁上岸，是大半生从惊涛骇浪中走过来的硬汉。在他倔强的外表之下，同样深藏着一段不堪回首的失亲之痛。据说，当时他才十来岁，尚未成家。一日出海，突然腹痛如绞，高祖母发话让他的二哥顶替，而这次出海，他的二哥再也没有回来。他后来将自己练成一位名声在外的老船长，一生胆大心细，慷慨仗义。我想，这跟他年轻时的此次生死劫难大有干系。

我出生之时，曾祖父年近古稀，已经上岸多年。印象中他的朋友真多，时不时就有客人来我们家小住，少则几天，多则几个月。有一回，还有一个老和尚，长衫银髯。应该是个夏天，月夜，在家门口的那棵老桑树下面，我光着膀子趴在长凳上，老和尚的手指顺着我的脊梁骨往下滑按，引来一阵发烫。因何这样？我毫无记忆。可是后背的那一溜儿烫，倒记得牢牢的，像烫下的一个印记。客人中，我们家最熟的是福清的乌俤老伯，年纪大我父亲不多，他是曾祖父的忘年交。曾祖父身上有种"封建家长"的严苛蛮横，平常他绝不允许家中老小睡懒觉，一家人吃饭，他没上桌，谁也不敢上桌，他没动筷，谁也不敢动筷。而对乌俤老伯，他却别样的宽容，爱什么时候起床就什么时候起床，饭菜还得给他热在锅里。我们都叫他"爱困的乌俤"。

　　曾祖父去世后，每一年的清明节，乌俤老伯都会提前来给曾祖父扫墓。以前没桥，从福清进岛再到我们村，舟车辗转得大半天，他多是独来独往。后来有两年没来了，我与父亲特地去海口星桥看他，才知道他家中发生变故。这些年来，我们仍时常走动。用他的话说，我们家四代人都是他的朋友。曾祖父的生前事，一些也是他陆陆续续跟我忆起的。他结识曾祖父，是慕名而来的，为的是雇请曾祖父为他开船运货。从平潭往福清运的是杂鲑臭蛎，拉回去田里当肥料；从福清往平潭运的是柴米砖瓦。经济类海鱼那时由政府统购统销，私运私售是非法的，一旦被逮到了连船带货没收，还得罚款。这活儿乌俤老伯也偷偷干。"舥翁真才子。你大公胆大、神定、技术好。算流水，看山头，何时发，何时到，分厘不差。请伊，没出过事。请别人，一次便栽了。"曾祖父的船技好我也听得多，村里上两辈的船长多是他带出来的徒弟，包括我外公。我外公年轻时跟过他，一年渔场转移到舟山，回程遇上暴风，"要不是你大公天色看得准，云一变，果断下半帆，就近进澳落碇，那次也回不来了"。"你大公脾气，凶神恶煞，可是技术好，船开得比人远，海讨得比人赢，谁人都爱跟伊"。

曾祖父的海上生涯，若换成我父亲来讲，频繁提及的则是另外几桩事。一是1977年打捞"阿波丸"，曾祖父被挑选去协助搜寻沉船位置，据说他在海面上有过人的判断与发现；二是新中国成立前夕，平潭地下党员徐兴祖在台湾基隆开商行，曾祖父一度受雇于徐兴祖，为其开船运货，三桅猫缆船，往返闽台两地。他从台湾带回来的番蕉（香蕉）当时是稀罕物，日后时常被爷爷奶奶当作神话般念叨着。还有一件事更早些，抗战期间的1940年夏天，平潭第四次沦陷，罗仲若县长只身脱险，是曾祖父驾船把他送到了福清大扁岛，那年他三十五岁。到了共和国初期的政治运动，后两件事被人扒了出来，变成了曾祖父把国民党县长载去台湾，曾祖父因此而被批斗。当时，流水革委会主任是曾祖父的亲外甥，亏他暗中纾解，曾祖父才逃过一劫。这事乌俤大伯也跟我提起过："你大公这个人啊，被押到台上批斗，嘴里还叼着根烟。"据我姑姑的回忆，那天一早起来，他把自己的钱财一一塞进家里的墙缝里，穿得整整齐齐，干干净净出门……

曾祖父过世三十多年了。原来老家的房子，主体也是他一手经营的，一座完完整整的两层四扇厝。除了我们自家四代人，这座房子前前后后还住过不少人，亲戚家孩子在流水中学上学的，多是寄住在我们家。曾祖父生前有句口头禅："毛掇给人食（意为东西给人吃），莫可惜。"父亲说，他去当兵的那会儿，曾祖父交代的还是这一句话。还有我二叔的同学，我小时候为他们跑腿的事没少干，村口的那家小杂货店经常去。据父亲回忆，这座房子是在1955年至1966年之间陆续盖起来的，早期在这里设过村队部和村仓库，开过农民识字班，还办过集体大食堂。休渔季，渔民们常常聚在大厅堂上，请来同村的文人张先生说书。

在我的记忆深处，厅堂上还演过几回评话，挨挨挤挤的人群里三层外三层，堵得水泄不通。有次我就蹲在台子前，那拍在台面上的铜钹，震得人耳鼓生疼。在我上学之前，父亲在南厢房前头添了一间附厝，单层平顶，上面用石栏杆围成一个大阳台。大热天的晚上，阳台上露宿的人总是不少，有两位叔叔和他们的同学，有邻家的堂叔，当然还有我。我搬离老家好多年了，村里头来往最密的人，当数邻家的阿东叔，他只大我两岁，私底下我们常以兄弟相称。我俩几十年的交情，便是从阳台上一起露宿开始的。那棵枝繁叶茂的老桑树紧挨在阳台边上，夏夜里我给叔叔他们跑腿，都是从那儿爬上爬下的，熟门熟路。树上还有处密室，是我跟阿东叔一起用麻绳绑结而成的，容得下我俩躺卧其中。我们在那看小人书，或分享各自省吃俭用的零食与玩具。

那时候家门口栽有不少树，老桑树南边有棵高高的香樟，树梢挂着一堆喜鹊的窝儿。北边则是苦楝树，好几棵，长势旺盛。每天清晨，我们都是在一片鸟鸣声中醒来，喜鹊喳喳，麻雀啾啾，各路候鸟的新声，此起彼伏，婉转可亲。阿东叔有个超人本领，他模仿的鹧鸪鸟叫声惟妙惟肖，几可乱真。这成了我俩秘而不宣的一种暗号，一旦听见他的口哨，我便知道是约我出门玩耍了。新盖附厝的那些门窗，一律髹有红底黑字的楹联，都是父亲请张先生写的。内容多是时语，如"建设祖国""发展生产""遍地英雄下夕烟"等等。而我钟情的就一副——"莺歌燕舞"，这四个字最应景。一到春天，燕子都会回来，在厅堂楼板下的横梁上衔泥垒窝，孵蛋生子。看着那些黑色的小精灵剪风低掠，穿堂入户，总让人满心喜欢。而这四个字，大概也是我最早熟识的一句成语吧。

论经历，我与张先生算是半个同行，彼此都在乡土文史的书写上虚度光阴。但论学问，我实在不能比，他是我们村百年来学问最好的一人。我案头最重要的一本参考书，民国《平潭县志》，便是他生前断句注释的。这个自称"读书读成了罪人"的前辈，在新中国成立前出任过县政府农业科长。抗战后期，他因病赋闲在家，靠着为渔民车缮补网维系生计。在我们村，以前家家户户的春联与书信代笔几乎全由他一人包办。他还教人识字、写字、打算盘，留下难得的清誉。他是我曾祖父同辈人，家在下厝，小时候我与他见面不多，印象中他是个很祥和很朴实的一位老人。后来每读到他的文字，我总会想起那些髹在老家门窗上的楹联。而这些楹联，连同莺歌燕舞的旧时情景，如今皆为陈迹，烟消云散，再也无处寻觅。

2016 年 5 月 13 日，老家拆迁。那天，我站在现场围起的警戒线外，脑海中一片空白。在舞动的机械长臂之下，偌大的一座石头厝竟脆弱如一张旧报纸，呼喇喇便撕碎了一地。现场尘土滚滚，人群静默，耳边只有石墙笨重的坍塌声，椽梁暗哑的折断声，还有机械操作中生硬沉闷的咔嚓声……事后，我对自己懊恼不已，懊恼的是我居然忘了拆下那些门窗楹联，也忘了将阳台上的那盆花带走。那是一盆几十年来不理不睬却不枯不萎的紫竹兰，叶色绀紫深郁，恍若旧梦。

壬寅清明

苦楝树下

　　时值暮春，接踵而至的节气是清明、谷雨，二十四番花信渐入尾声。跟往年一样，这个时节岛上的空气开始发潮，南风一吹，墙上、地面就干不了，到处沾满水珠，湿漉漉的。再来几场连绵细雨，被子衣服都晾出来了霉味，氤氲不散的湿气让人发闷，思绪亦如裹着一件沉重的夹衣，难以抬头。

　　母亲走后，我幡然间对季节变得异常敏感。当第一场春雨从远方回来，窗前邻居檐头的一溜藓苔一夜间醒成了绿茸茸的一片。没多久，就会有几株蒿苗在上头抽枝吐嫩，瘦羸羸地发抖。燕子轻掠，麻雀低飞。惊蛰的雷声响过，阳台上的蔷薇、海棠、月季次第开花，那些母亲生前栽植的花草现在父亲依旧将它们拾掇得清清楚楚。清明节，当我们祭扫过母亲的坟茔，屋后那棵高大的老木棉已经在枝头结出一簇簇饱满的花蕾。这时候，时间似乎都放低了脚步，容我一次又一次地站在屋外的那棵苦楝树下，等来一年一度最后的一番花信——苦楝花开。

　　苦楝树是平潭很普通的树种，房前屋后随处可见。以前流水老家的门前就有好几棵，连成一大片，记忆里每一棵都很高很大，枝繁叶茂。夏天一到，翠色苍苍，挂满一树连着一树的蝉声。我与小伙伴时常倒腾的一件事，就是用削笔刀切开树皮挖出树脂，粘在长长的竹竿上制成捕蝉器。在那个贫乏的童年里，这是我们乐此不疲的一项"暑假作业"。燠热漫长的暑期往往也是我们挨揍的高峰期，有时是因为瞒着大人跑到海里洇水，有时是因为跟邻村的孩子扔土块打群架。记得最为严重的一次，是到村后林子里箈草,我们顺道从别人家田园里挖了几个地瓜带去烧烤,后来善良淳朴的农人找上门来告状,把母亲气得够呛。她二话不说,举手折下苦楝树的新鲜枝条直接抽我。那时我大概就像一只猴子一样被揪着边叫边跳,从门前埕打到厅堂,再从厅堂打到门前埕上,脚下是纷纷脱落的绿叶片片……

后来我们家搬进了城关,不知什么时候,老家门前的那几棵苦楝树被悉数伐去,空地上辟出了几畦菜地。不过,在城关新家所在的村庄里,苦楝树仍然不少。我们家西侧原来就有数株,之后因为邻居盖房砍得仅剩一棵。这棵苦楝树的树龄我无从知晓,二十多年前我们落户于此时,它就在那儿。据说它一度挡住后排邻家的大门视线,被人用硫酸浇了几次,留下一大块豁开的褐色伤疤,居然顽强地活了下来。不知道是不是这个缘故,它似乎就那么大那么高,再也长不起来了。树干粗不及抱,蟛虬斜上三四米的地方便散开枝干,撑出一张足以蔽日遮雨的树冠,树枝低垂,伸手可及。也不晓得从何时起,树底下摆上了几个破铁桶,成了附近几户人家日常扔垃圾的地方。每天清晨,拖板车收垃圾的环卫工一来,倒完垃圾,随手将铁桶往树底下一扔,"哐哐"几声爆响,母亲便抄起畚箕扫把从屋子里出来,放好铁桶并把树底下的残余垃圾打扫清楚。母亲一生,都是个极要面子也极讲干净的人啊。

说来惭愧,长久以来,我一直对门前这棵苦楝树视而不见。它的所在,不过是个被遗忘的角落。它的枯荣生死,从未在我的心里泛出涟漪,包括它的学名,我都懒得知道。在平潭话里,我们一直习惯叫作"布林楸",其音义如同"苍蝇树",这也是个令人扫兴的名字。直到某天,母亲走后的一个风雨交加的日子,我撑把伞照例到树下扔垃圾,狂风骤雨中苦楝树战栗摇晃,枯枝败叶从树上纷纷甩下，夹杂着撒豆般的雨点打在伞面上，让我发怔了好一阵子。我倏然想起母亲，想起苦楝树下母亲曾经疲惫憔悴的身影，想起母亲那次用树枝抽打我时伤心啜泣的情形……也就是从那一刻起，我惊觉自己对身边的这棵苦楝树竟然如此无知。此后，当我追着几个颇晓草木之属的朋友终于问出了它的学名，"苦楝"二字，一时间让我惊讶意外，也让我痛苦无奈。

在随后的一两年里，我开始对这棵苦楝树起心动念，陆陆续续记录起它的季节变化。立夏小满、夏至小暑、白露秋分、霜降立冬、小寒大寒、立春雨水……每逢节气我都尽可能为它拍照留存，以便比对。这是一种对节气更替十分敏感的树种，什么时候抽芽，什么时候开花，什么时候结籽，什么时候落叶，都在季节轮回中果断转身，毫不犹豫。附近的那棵老木棉则不同，不但有着超长的绿叶期，而且先开花再长叶。时过暮春，偌大的枝干上一叶未长，它却高高举起一树的鲜花，艳丽绚烂，似乎执意要赶在立夏之前，再为花团锦簇的春天铺出一段繁华的归途。这时，苦楝花还在枝头默默等它的花信风。相较之下，苦楝树实在谈不上有多少的观赏性，也显出这个树种几乎过分的敏感与规矩。可能也正是这种本色，它把属于自己的岁月守得稳稳妥妥。

在一年大部分的季节里，苦楝树总是枝繁叶茂。从夏至芒种到霜降立冬，满树的葱葱茏茏，绿意盎然。每至夏季，绿丛中依旧是挂满蝉声，与远近的树蝉此呼彼应，声浪起伏，越是太阳天越是唤得欢，直唤到金风乍起后疏疏凋零。过了十二月冬至，树叶开始发黄萎干，北风一吹，唰唰地落了一地。不用两周时间，叶子便下光了，枝丫尽露，肆意交错，一串串干黄的小果垂挂枝头，稀稀落落，单薄寒酸。整个冬季，它只能静静守候着自己的萧瑟与落寞。晴日里，偶见几只鸟雀在枝头唧啾跳跃，多少还带着几分热闹与温馨。阴雨天，灰色的雨幕笼罩着孤单树影，愈发衬出树干的清癯冷峻，透出一股寂寥忧伤的精神，使人难忘。而一旦立春，它便一夕抖擞，重焕生气，树梢枝头随即争先恐后地发芽吐绿，不到半个月，树冠已经披上绿裳，婆娑有致了。

转眼又是清明。今年的雨季提前到来，门前的苦楝树比往年愈发苍翠。谷雨随至，一丛丛淡紫色的花儿如约开出。那花儿又细又小，开得含蓄腼腆，而且花期极短，稍不留意便错过了。以前，我从未将这么细小的花儿当一回事，跟木棉、蔷薇、海棠相比，那实在难以引人注目。而如今，每年这个时候，我都会完完整整地守过这个花期，等着它悄然而开，慢慢把树冠装缀得朦朦胧胧，忧忧郁郁，再等它簌簌而落，落成树下一地的糁径碎黄……

前不久，那个告诉我此树学名的朋友又带来了一个消息。他说，苦楝树还有一个别名，叫作"恋子树"，可能是因为谐音，也可能是因为树上经冬不弃的果子。真的吗？这个消息再一次让我意外难堪，惊愕之余，我决意不再深究了。

苦楝树下，我不就是那个失怙的孩子吗？

丙申谷雨

回到顺昌

如果说每个人都有自己独一无二的血脉传承和人生机缘，那么，父亲年轻时的那段经历便成了我生命中顺理成章的一个起点。

这个起点便是顺昌。后来母亲时常跟我提起，1973 年她跟父亲结婚的时候，父亲的单位在顺昌的 8472 兵工厂，母亲作为家属，在兵工厂的招待所住了一段时间，后来怀上我才回到平潭分娩。在 1978 年父亲转业调动之前，每年母亲都会带着我来顺昌住上一阵子，少则数月，多则半年。在我人生懵懂无知的最初几年，我首先学会的不是平潭话，而是普通话。我记忆中印象深刻的那个充气长颈鹿玩具，便是父亲的战友送给我的……这些由父母断断续续转述的往事，就像一片片楔子般渐渐进入我的脑海，从此再难抹去。

后来，我在平潭交了几个顺昌来的朋友，他们多半也是随着父辈的经历在顺昌落户，乃至成家立业的。也因为这段经历，我每每自称也出生在顺昌，就是原来洋口火车站对面沙墩村的 8472厂，大言不惭，以致让他们倍感亲切，有了"他乡遇故知"的亲密。而他们年年相邀回顺昌的行程却一拖再拖，算算从认识他们到成行之日，整整五年了。而我随父母离开后再回到这里，却是整整三十五年！

2013 年的端午节，我回到顺昌。在这个淅淅沥沥的雨季，富屯溪的河水涨得很高，上游的群山云雾缭绕，下游的水道雄浑宽广，河面辽阔邈远，愈显苍莽。那天，我站在富屯溪上的沙墩大桥上，桥下正有两艘锣鼓喧哗的龙舟竞游而过，心里有种按捺不住的激动。在我的潜意识中，这条大河已经无数次从我的梦中流过，从我生命最初的悸动开始。我可以想象得到，那时母亲抱着我坐着渡船往返于富屯溪两岸，南岸是父亲的兵工厂驻地，北岸是洋口火车站，南来是一趟旅程的终点，北去是一趟旅程的起点，这中间父母相逢与别离的欣喜与忧伤都在河水中翻滚，而那时我只能扑闪着一双天真无邪的眼睛，在河面上迷离晃过。如今，当我换以七尺之躯驻足此地，富屯溪呀富屯溪，我可否在您的河流里听见岁月的些许回声？三十五年前的许多夜晚，河畔兵工厂招待所灯火阑珊，那里时不时传来的几声啼哭，是否仍藏在您最深的某个漩涡之中？

当朋友带我找到了8472厂旧址，偌大的旧厂区只有一个看门大爷和陪伴他的黑狗。看得出来，整个厂区挨着富屯溪南侧的山坡而建，锈迹斑斑的铁门东侧围墙内是一排两层青砖房，进了铁门就是一个小坡，走上去是比较空旷的场地。地上杂草丛生，北边正对着青砖楼房的二楼，南边砌筑有一圈整齐的石阶，这里应该是父亲常常提起的"灯光球场"了。石阶南边前后并列着两栋两层的红砖楼，都是典型的"革命时代"风格，中间是楼梯，前方是走廊，两侧隔间形同教室。球场东边有一整栋挑空大楼，两三层高，据楼后高高的四角烟囱判断，应该是食堂或者厂房。从石阶后头的红砖楼往东，还有几排单层的砖土小屋，前后高低错落。我们依次转了一圈，里头大都门窗尽卸，养满四处飞跳的鸡鸭。而站在这里，山下苍苍莽莽奔流不息的富屯溪尽在眼前。

后来我把照片给父亲看，他说这些小屋原来都是兵工厂的领导干部住房，母亲带我住过的招待所就在进门处的青砖房一楼。而厂区内我见到的几株高大茂密的香樟树，父亲倒没有印象了。在球场东南高处，有一棵长势特别旺盛的香樟树，树上赫然还挂着一个秋千。两根长长的麻花绳自树上垂挂而下，两头拴住一块木板，简朴而亲切。我忍不住坐上去荡了几下，突然间有种鼻酸的感觉。我知道这个秋千应该是后来才有的，但如果那时候也有，父亲，或母亲，或父亲的战友一定也会抱着我在这棵老樟树上荡秋千，那时的我是在秋千上笑呢还是在秋千上哭呢？荡荡晃晃，三十五年的光阴啊，一晃而过。

我不记得在 8472 厂逗留了多久，当朋友提醒我快到午饭的时辰时，天又下起了细雨。我执意再过富屯溪，去看看洋口火车站，那里还放着我的一个心愿。现在的洋口火车站早已废弃多年，空无一人。候车厅大门紧闭，里头堆满了瓷砖建材，看上去只是当作仓库使用。走廊下的售票口，依稀还是当年模样，边上半票全票的身高线宛然如昔。当初人声鼎沸、人流如潮的繁华车站转眼败落如此，由不得不教人百感交集。站在细雨纷飞的车站月台，几条黝黑冰冷的铁轨自两侧远远地抛出弧线，湿淋淋的枕木与铁轨下堆砌规整的枕石有股沉甸甸的分量，透出一种坚硬逼人的寂静，衬着月台上白色站牌的"洋口"两个大字异常醒眼。

我想到了远方。当初，母亲怀上我之后就是在父亲的陪伴下从这里启程，那次漫长的回乡旅程让母亲动了胎气，腹痛难忍。后来火车一到福州，父亲便急匆匆地带着母亲去东街口的老中医那里抓了一副安胎药，让我度过了人生最初的一次险情。这事是父亲跟我说的，他后来一直念叨着那位老中医的好。而另外一件事则是母亲说的。有一年，曾祖父同我们母子一道来顺昌住过一阵子，回程的车票紧张，父亲千方百计让我们搭上一辆运货的火车回去。车上人货混装，拥挤闷热。时值深夜，幼小的我口渴啼哭，而当时根本找不到水，我就这样哭累了睡，睡醒了哭，一路折腾到了福州。这事母亲给我说过好几回，印象很深。自来到洋口火车站伊始，这事便浮出我的脑海。从车站的候车厅、售票口转到月台，我心里就忍不住无数次地揣测过，那时我躲在母亲的怀抱里，熙熙攘攘的人群中他们行囊沉重，前程未卜，他们是如何排队进站的？如何挤上火车的？他们是否焦急紧张？是否惶恐不安呢？

　　其实我知道这些已不重要了。我使劲地想，无非是想从时间的深处打捞到两位至亲至爱的人哪怕零零星星的一些记忆。一个是我的曾祖父，他在二十多年前离去，一个是我的母亲，她也在2012年离去，我与他（她）们重叠的生命历程都被时间生生地扯断了。对我而言，他（她）们都成了遥不可及的远方。当初，他（她）站在这里，顺着铁轨放眼而去，远方的归途不论多难，也如富屯溪的河水一路东去，回到大海，回到海岛。而如今，我所能望及与忆及的远方，如同把三十五年的岁月一并放在这长长的铁轨上丈量，那是多远的远方？那种虚幻而邈远的距离呀，叫人无助。

　　此时，月台上细雨霏霏，飞舞如漫天白花。富屯溪河面烟雨如雾，对岸的老厂区也在山影中若现若离。雨中的山城泛起了浓厚的水墨意味，如此幽远又如此亲近，让我的双眼再次迷离……

甲午仲秋

流年流年

"你相信光吗？"

在山中，刚满三周岁的林一鸣小朋友冷不丁地这么问我。

倏然间，儿子小时候的模样电影般晃过眼前——抱着一只小板凳坐在电视前看动画片的弘毅，他转过身，斜仰着圆嘟嘟的小脸，睁大眼，也是这么问过我。

一前一后，近二十年的光阴就这么过去了。

你相信光吗？光阴，不就是流年转身留下的背影？

山中，游氏祖屋是我钟情的一处地方。我时常徜徉于此，这里氤氲弥散的陈旧光影，让我流连迷恋。

这是一片修缮改造过的老屋，肇基晚清，赓续民国，一直沿用至新中国成立初期，随即废弃三十多年，民宿承租接手后再修复起来，走过了至少一个半世纪的光阴。论年头，几乎跟屋前的那棵老榕树同龄，虽沧桑老迈，但容光焕发，精神抖擞。

低檐、短墙、小院，瓦屋错落，小巷窄长。前后左右，厅堂、厢房、护厝、别榭依次铺展拓开，挤挤挨挨，门户对通，謦咳相闻。或许，家族最初开枝散叶的势头与休戚与共的荣辱依旧封存在此，让这不大不小的空间回旋出深邃悠长的气息。然而，我更愿意相信，除开空间布局上的联想，这般浓郁的气息多是来自光影流淌中岁月的无声回响。

自始至终，游氏祖屋都以素颜朝天的面目示人。在满足遮风避雨、繁衍生息的基本条件之外，看不出多余的奢望。即便是门面墙，用的也不过是大小规格参差不齐，显然是东拼西凑的石料。

唯独方正些的，只有门楣上一根横贯的条石，像是整篇章草里不经意掺入的两三笔唐楷。

或许，也是因为这浑同章草的墙面，我更喜弱雨簌簌的天气。当雨声窸窸窣窣走过瓦面，那打湿的墙面泛出水光，石料的肌理色调便细腻地点染出来了，清爽醒目，你仿佛看见的是一位眉目慈祥的老人，满脸皱纹，露出一口洁白牙齿的笑容。檐头、墙角及填缝的壳灰，一溜溜的青苔绿藓纷纷自水光中擦亮了惺忪的眉眼，那是挂在老人鱼尾纹上的笑意。

屋内，后期修葺装点的东西也不多。坍塌的墙垣用上先前的石块废料，随机码进一些破瓷断瓦。乱石砌勾缝与墙面修补，用的还是黄泥巴。谈得上奢侈的，是地面铺就的四角红砖，局部屋顶的杉木望板，还有一屋子的暖色灯光。

说起来，屋里的射灯与筒灯大概给我玩坏三两只了。我极爱那打灯的瞬间，恰似一下子点亮满屋子的精神。不论是乱石墙还是泥巴墙，平素从门窗、天窗汲取来的天光似乎都打不开它们的沉闷心扉，寂寥、晦暗，一片灰蒙蒙的忧郁。

唯有那一瞬间，宛若深吸了一口气，全然释怀了。表面粗糙的石墙与质地蓬松的土墙都是对暖光贪婪的家伙，淡黄吃成了金黄，熟褐吃成了黝黑，斑斓还是那个斑斓，却恍然舞动了起来，亮堂，明朗，且温润。

许多时候，我都忍不住多摁几下开关，来回把玩这瞬间的感动。然后在光影中逡巡许久，或盯上一面土墙上龟裂的罅隙，揣度起那里可能隐藏的年月。最妙的时刻，是明晃晃的阳光自一格一格的玻璃天窗斜射而入，搅动着一束束浮尘裹进阳光里无尽地飘游，梦幻般迷离。假如你足够耐心，还可清晰地看到光束缓缓走动，从墙面到地上，从地上到墙面，像一双双宽厚而温暖的手在抚慰。

这是令人思绪沉沦的时刻，昔日久远的图景似乎也在光影中晃动起来。夏衫冬袍、蓑衣斗笠；木屐橐橐、人声喋喋；鸡鸣犬吠、泥土牛粪……光影是见不着底的深渊。你伸出手抓不住的光阴，已然在脑际间汹涌——曾几何时，那口柴火灶的灶腔里余烬未熄，炊烟袅起；日斜西山，归鸟声噪，掩映其上的那棵旁逸斜出、虬枝漫展的大榕树下，男人们或蹲或倚，用他们扇子般的左掌，端着上下套着的两只碗，吧唧吧唧地吃饭；光着腚的孩子们还在树梢上掏鸟窝；院子里传来女人粗粝的叫喊声，换来的不过是男人们的莞尔与孩子们狡黠的窃笑……

跟着光影，思绪便如滑翔机一般，自由地在幻象里穿梭。其实我心底明了，自己的所知所感，无非是半生琐琐屑屑、折折叠叠的乡土印记，经由光影的蛊惑与诱捕，转而又跌跌撞撞、兜兜拢拢安放于此。山中的老屋，诚如我流浪记忆的一处收容之所。我与我那荡然无存的老家老屋之间的牵念，多多少少就这么逆着光，一点一滴地聚拢过来，从这里慢慢找回去。

山中的止止茶室，应该是我呆得最多的地方。"止止"，撇开那颇显无聊的典实追索不论，字面意思就是"止之"，就这儿了，就这么简单。

闲暇时日，我就在这儿。止止茶室依在游氏祖屋的东头，一巷之隔，门前是露天大平台，直面仰首，是猫头山的最高处，挺着一大片裸岩的弥勒峰，峰顶的六角坐忘亭，依稀可见。

大平台是就着地势斜坡悬空拓出的一处观景地，好娘湾的碧水银滩，桃澳底的曼妙崖岸，斜亘如画。平台的两侧围着几棵树，自外而内——两棵大朴树、一棵番石榴、一棵乌桕、一棵香樟。

除了香樟是后来栽的，其他都是原生树。

入冬后，朴树与乌桕便依次褪尽了叶儿。番石榴却有一副心不甘情不愿的模样，始终披着一身干而不枯的树叶，萧瑟落寞，可怜巴巴。只有香樟，一直高举着翠绿，从从容容地走过整个冬季。平时从树旁经过，我们常忍不住伸手摘下一片绿叶，折几折凑近鼻子嗅，深呼吸，有一绺青涩回甘的香气。而那些落光树叶的朴树与乌桕，则成了冬日鸟族的空中舞台。

跟人一样，猫头垱的鸟族也有原住民、旅居者与过路客。今冬来的第一批候鸟，大概是白鹡鸰。其鸣声如口哨，展翅毛色四边白，飞起来像潜水的一尾尖嘴鱼，一上一下。更有意思的是，这种鸟从来都是跑着走，快得瞧不见两只细脚。接踵而来的，应该是白头鹎（白头翁）与红尾鸲。

白头鹎似乎不太怕人，经常成双成对地出现。它们拥有小巧灵活的身姿，可以在枝丫繁密的朴树上自由穿梭，追逐嬉闹。安静下来，也会在树丫间交颈逗嘴，亲密无间。它们鸣声婉转，极易听辨，"叮叮—叮仲六"如呼人名。白鹡鸰与白头鹎，或许沾上个白色打底的名儿，感觉就很冬天。在那些萧瑟冷清的冬日，我最乐见的是红尾鸲。

这是一族体态轻盈、模样可人的小精灵，每一次出现，总是令人眼前一亮。它们头顶灰色圆帽，双目鼻喙之下是一片黑色围脖，翅膀黑中嵌白，三角状的白羽正正地画在黑羽之间，两边各一，而胸腹至尾部，几乎裹着纯纯的栗红色。不论自空中掠过，还是在枝头理翅，或是于地上觅食，它们都像一缕缕暖光似的映入眼帘，划过冬日灰色的天幕，喜悦人心。

现在，我仍清楚地记得，第一次遇见这小精灵，是在老郭家的番薯田头。它们的名字是博学多识的李立导演告诉我的，叫北红尾鸲。从此，这个名字我再也没有忘记。每逢入冬，我都格外期待这群鸟族的飞临，像期待那些路过山中的故人。是的，于我而言，山河故人，没有故人的山河是很难装进自己的内心的。

有些时候，是鸟的翅膀教会了我思考。猫头垅的深山密林，是鸟族的栖息地，是它们长年经营的家。它们比所有的人类都来得更早。没有它们的翅膀，不会有山中的野梨花、野栀子、野流苏。山中的野趣，大半是鸟族的馈赠。

有些时候，是树的成长教会了我思考。门前这株香樟，开始时长斜了，去年我用一根尼龙绳将之与边上的乌桕树对绑，试着掰直它。前些时，剪断绳子放开，我们赫然发现树干受力一侧被勒出了一道骇人的深疤。更不可思议的是，拇指粗的尼龙绳竟然被树干"吃"了进去，裹进树皮里，成了树干不可分割的一部分。

而更多的时候，是来来往往的人们教会了我，不只是思考。他们与她们，有过从多年的兄弟，有时常走动的老友，有短期相处的伙伴，也有偶尔路过的旅人。那些林林总总的际遇，那些琐琐碎碎的言语，尚待日后用更多的时间、更长的篇幅去书写，包括恩明的酒、木莲的茶、春福的歌词、大龙的尺八、百盛的扎啤杯、客人阿祖的开化特产，还有义工小董的那句话："要大笑，要做梦，要像个孩子一样去看世界。"还有，天津蒋姓大哥临行前的再三叮嘱，来天津一定找他！正宗天津麻花只有本地人懂得，他得亲自来带。原来，有种好客，这么霸道。

时间流逝，光阴陈旧。但凡从我们生命里路过的，都是故人。不管是他们还是她们，也不管是鸟族还是草木。或许，身在有情世间，这是我的某种信仰。正是他们与她们，每每像一缕缕一束束的光照进了内心深处，映射出山河人情鲜明的肌理与质地，让那些庸常的生活闪耀着丰盈的诗意光芒，让坚硬的日常不再坚硬，荒芜的季节也不再荒芜。

我常以为，止止茶室，亦如我们筑结在山中的巢。一室之外，山河依然。我们，都像那鸟儿一样，正自此间飞过。

前些时日，整理家中书柜，找出一套 2018 年的《咬文嚼字》，12 册。睹物思人，教我想起了一位可亲可敬的故人，任恢宗老师。这套月刊，便是他当年订的送给我的。自这一年份前溯，我俩频繁来往的时间点应是 2016 年。

其实，早在 2000 年之前，我就认识任老师。那时他主持《海坛企业之友》编务，我在弄《海坛商报》，虽是同行，但少有接触。我对他敬而远之，敬是敬他对文字的严谨，严格说是严苛，他的《海坛企业之友》是找不出半个错别字的。远，也是远他的严谨，因文字中随处可见的疏漏，我们自是心中忐忑，故意躲避他用心良苦的指点。那年，我虚岁 27，还没成家，他 65，比我父亲还大很多。

虽然，美其名曰都是文字工作者，可我俩的状态实在是天壤之分。《海坛企业之友》，他一干便是 13 年。我呢，前前后后只做了三四个年头。跟文字打交道，他是认真的，我多半是闹着玩的。他，沉潜涵泳其中，始终不离不弃。我已经兜兜转转换过了七八种行业才又浪子回头。

辗转多年，我们再度结缘，还是因为文字，因为乡土文史。那一年，我们一起受邀参加一场会。会上来了很多人，在一片齐声叫好的和谐氛围里，我俩却不约而同地扮演着颇显尖锐的批评者。散会时，他叫住了我，送给我一本他的签名书，彼此留了联系方式。自此往后，我们越走越勤，越走越密。

2016 年，任老师正着手《平潭厅乡土志略》的译注考释。这事，他是瞒着子女偷偷在做。毕竟是年逾八旬的老人了，经不起折腾，家人们都希望他消停消停。然而，对待文字，他仍是一如既往地较真。一旦上手了，便停不下来，便是日复一日地检索、整理、考证与撰写，没完没了。

完成这部书，用他自己的话说："历时两载，五易其稿。"这两年，也是我们邮件来往最多、见面交流最频的两年。在城关，我们两家距离不远，也算是邻居，相约见面很方便，都是我去他家，走路五分钟。每一次见面，老人都很开心，都很客气，临别时都不忘硬塞给我两盒烟。写给我的邮件落款，他都自署"宗叔"，很亲切。

这两年，我有幸陪着他完成了书稿，并于 2019 年 9 月出版。也因为我熟悉情况，承蒙他的信赖，让我给书撰写了前言。当年 10 月底，我邀请他来《东岚讲坛》开课，讲了一节《平潭首部志书的深度解读》，时长近两个钟头。他不仅亲力亲为准备了图文详尽的课件，而且在课后赠书。百来多号的听众，他逐一签名奉赠，一丝不苟，认真得让人心疼。

也是这两年，编撰这部书几乎耗尽了老人的精气神。此后，他的身体每况愈下，频频住院。医生的结论就是四个字——过度疲劳。我们还常常在微信上联系，寒暄问暖，互通近况。他出院回家，每每也会约我去坐坐。因为疫情，次数不多。我们的话题，多半还是乡土文史，谈出了一些知见，他仍是那么欢欣鼓舞，聊到了一些乱象，他仍是那么忧心忡忡。他还是那个较真的老人，"还平潭历史以真相"永远都是他的学人态度，初衷系于此，践行系于此，成就亦系于此。文字，到底是条不归路，沾上了，就是一辈子。

前年暮春，我去了猫头墘，在家的日子较少。那时他每月都去住院三五天，出院后用微信告知我，我若回城便去看他。陪他坐坐，聊聊，不过时间越来越短，怕他耗神。一回回去，我也明显感觉他的精神头愈来愈不及之前。最后一次见面，应该是五月中旬。他七月间遽然离世，消息是江继芸纪念馆转告我的，很突然。我们下一次见面的时间，本来约好的。

几日后，我抽空下山，独自走去他家吊唁。去之前，自己也是有心理准备的。按民间说法，老人家八十有七的高龄，安然离去，顺安天命，本也是一种福分，不应过于悲痛。灵堂布置在他家的一楼厅堂。这地方我熟门熟路，之前放着一张茶桌，我们多在那儿相聚。那天，我站在任老师的灵柩遗像之前，恭恭敬敬跟他鞠了三个躬，脑中空空。鞠好了躬，本想再看他一眼，自己下意识地趋前两步，忽觉唐突，毕竟我跟他的子嗣几无谋面，不可轻率。转念间侧身与孝男女握手致意后径直离开。走出很远，才发现自己竟已泪流满面……任老师的葬礼，我没有参加，我想自己在那种场合中定然无力自持。去年的清明时节，我特地找到他的坟茔，在那儿鞠了躬，敬了烟，说了话。

转眼，我来山中快两年了，任老师也离开两个冬天了。我保留了他所有的邮件、所有的微信讯息以及所有的往来书稿，想起他来，便打开来翻翻看看。从今往后，他都活在文字里。他曾说过，文字要认真做、好好做。有一天不在了，如果还有人看你的文字，那你就在一双双阅读的眼睛里活着。这句话，我记住了。

现在想来，他为我订的这套《咬文嚼字》，当初或是委婉地提醒我——文字匠，首先是个手艺人。较真，是做文字的本分。是的，在我的文字路上，任老师一直是照亮着我行进的一道光，一直都在我的前方，从未离开。

甲辰仲春